文芸社セレクション

# おぽんとおかんの“ヒト”思考

浅葱 ゆめ

ASAGI Yume



文芸社

# 目次

第一章　おぽんのめ・おかんのめ …… 9
1. おぽんのこと …… 10
2. 女であること …… 21
3. 再び　おぽんのこと …… 39
4. アトムのこと …… 47
第二章　ひとのめ・ねこのめ・こどものめ …… 59
1. 愛《いと》しきものたちへ …… 60
2. 旅 …… 62
3. Extremes Meet …… 64
4. 男たちへ …… 65
5. ひとりごと …… 66
6. マッチ売り …… 68
7. 死刑 …… 70
8. Short, but long …… 72
9. 猫の「ゆる活」 …… 74

10．私の先生（その1）……76
11．小さなＳＤＧｓの願い……78
12．私のナンバー……？……81
13．七《なな》つの子……84
14．『私』が私であること……85
15．映画館……87
16．私の先生（その2）……91
17．スマホ……95
18．せつこさん……97
あとがき……110

人《ヒト》はどこに生まれるのかは選べない

偶然にも
一人の母の胎内に魂を宿し

生まれ出た土地の
旅人《たびびと》となる

そして
その土地が故郷《ふるさと》となる

故に　国《くに》という概念を
人《ヒト》は持たない

# 第一章　おぽんのめ・おかんのめ

# 1．おぽんのこと

おぽんは大震災の三年後、三月三日に突然現れた。

それは雪のチラチラ降る寒い日だった。

ヨーキーのルルちゃんが、激しく吠えていたので、窓ごしにベランダをのぞくと、ふるえて座っているおぽんと目があった。

「あら、ネコ？」

目と目で見つめあって。それでおしまい。こうして、めでたくおぽんは我が家の猫となり、かけがえのないおかんの生涯の友となった。

おぽんは来た当初から、私のことを「おかん！」と短く鋭く呼ぶ。それ以来私自身、自《みずか》らを「おかん」と呼んでいる。

おぽんの年齢はわからない。獣医さんは、推定一歳前後と言っていた。しかも、マイクロチップなるものがおぽんの体に埋めこまれていた。逃げてきたのか、はぐれたのか、捨てられたのか、一切謎だ。知っているのはおぽんのみ。

ただ一つはっきりしているのは、おかんがおぽんを選んだのではなく、おぽんがおかんを選んだということ。これって、おかんにとってものすごく大事。なぜって、おぽんは大枚を叩《はた》いてペットショップから買ってきたものではない。天からの授かりもののように、おかんを選んで我が家にやってきたから。

それ以降、おかんは知らず知らずおぽん目線で物事を考えるようになった。そして、世の中に対するものの見方も、ちょっとずつ変わっていった。

おかんがおぽんから学んだこと、そして、おぽんがおかんに教えてくれたことを、ちょっと考えてみようか、ね、おぽん。


おぽんが来て、最初に不思議に思ったのは、犬にはペットとしての市民権があるのに、猫にはないこと。

この辺《あた》りでは、どこでも犬の散歩をしている人をよく見かける。そして、犬を媒介として飼い主同士が親しくなり、ドッグコミュニティなるものを作っていく。でも、猫にはそういうものはない。時々おかんがおぽんを連れて散歩していると、すれちがう人の冷たい視線に驚くことがある。おじさんたちの中には、露骨ににらみつけてくる人もいる。「リードもつけずに猫と歩くとは何事か！」と言わんばかりに。その結果、犬の飼い主と違って猫の飼い主も、その猫同様、コソコソと歩き回ることになる。

それで思い出した。随分前に住んでいた団地で、おばさんが泣きながら訪ねてきたことがあった。手に小さなシャベルとビニール袋を持って。

「うちのタマちゃんがお宅のお庭で粗相《そそう》をしてたら、ごめんなさいね。言って下さればすぐ取りに伺いますので……」

これにも非常に驚いた。きっとその方《かた》の家に、ご近所からワイワイと苦情がいったのだろう。

猫はこのように、ペットとしての市民権は全くない。だから猫は隣近所を縦横無尽に徘徊したり通り抜けたりしてはならず、花壇の土を掘ってはならず、ましてや糞《ふん》をするなんて言語道断の行為と見なされる。それは勿論そうだけど、でも時々おかんはあえてこう言いたくもなる。

「『どんな生き物――バッタやミミズやスズメやツバメ、及び犬や猫、タヌキなども我が家に侵入してはならない』という我が家憲法を貼り出してみたら」ってね。効き目はないと思うけど……。


でもよく考えてみると、こういう風に選別したり線を引きたがるのは、〝ヒト〟にとって常識というか、まあよくある話よね。だって、地図を見てごらんなさい。ニュースを聞いてごらんなさい。そう言ってるし、そうやってるから。どこかの偉い人が「他国の人々が侵入しないように、国境に大きな壁を作る」と言ったり、「何とかいう小さい島は、僕の庭にあるんだよ」「いや、僕んところのだよ」とか「我が家の上空を飛んだらだめ！　射ち落とすぞ！」って。

これって、まるで子供のけんかだよね。そう言えば、自分ん所の空の上を飛んだとかで実際にその飛行機を爆破したことがあった（＊1）。おぞましいことだねぇ。

（＊1）一九八三年に起こった、ソ連による大韓航空機撃墜事件。

でも誰が最初に海や山や空に線を引いたんだろうね。不思議！　そもそもこの地球って、一体誰のものなんだろう。〝ヒト〟だけのもの？　おかんはそう思わない。そこに生きる生命《いのち》あるもの全てが折りなす営《いとな》みも含めて、この地球そのものが一つの生命体なんだよね。〝ヒト〟なんて、小さいケシ粒《つぶ》にも満たないその一部分なのよ。だから、「毛のない猿の分際で、偉そうにするのはやめたら！」って言いたい。意気地《いくじ》がないから、人様《ひとさま》の前で言ったことはないけどね。

ところで、おぽん。この地球が汚れちゃって、住めなくなってきたから、火星に移住しようという計画を立ててるんだって。知ってる？　それって、どう？　何か失礼な話よね。自分ん家《ち》をゴミ屋敷のように汚して、しかもそのまま片づけないでボロボロにしたまま引っ越しちゃうの？　何か変。ちゃんと片づけようよ。グレタちゃんに言われるまでもなく、汚れた所をきちんと片づけて元《もと》に戻してから次の計画に進むのが、責任感のある大人のやることとちがう？　どう考えても筋が通らないよ。特に福島の原発。あれはどーするの？　解決したの？　あーいやだ。考えると血圧が上がっちゃうよ。ね、おぽん。

家といえば、この頃のモダンな新築住宅の敷地はほぼ全てアスファルトで覆われていて土がないよね。あってもものすごく小さい花壇か、あるいは玄関脇のちょっとした植え込みぐらいかしら。そして家の周りの道路や近くの公園もやっぱりアスファルトとコンクリートだらけ。だからノラ猫が捨てられてウロウロしていると、隠れる草木がないからすぐ見つかっちゃう。ノラ達はそれこそ生活がかかっているから、生きるためスズメをとったり、ゴミ箱をあさったりするよね。そうすると、あたりの住民が、まるで熊が山からやって来たかの如く大騒ぎをして、それから保健所やら愛護センターから人がやってきて、みんな「御用！」となって連れて行かれる。そのあと、知ってる？　大体は殺処分《さつしょぶん》。アウシュヴィッツみたいに。ボタン一つで。これがキレイな団地での猫たちの末路。

あー、それはないよ。これって猫の所為《せい》？　ちがうよ。〝ヒト〟の所為だよ。ペットショップで、命《いのち》に35万とか40万とか高額な値段をつけて、しかも生まれたての子猫だけを売って。もうホント、可哀相に……。しかも大きくなって大変になったからって、捨てたりするのは誰よ。ノラ猫は熊やキノコじゃないんだから、山から突然やって来たり、自然発生的に産まれたりはしないんだよ。〝ヒト〟が捨てて、放置して、その結果増えていくのね。おかん的思考としては、命を売ったり買ったりするのがそもそもの間違い。でなきゃ、売りっ放《ぱな》しにしないで、売ったところが、その後も責任を負うべき。当然その儲けも全て犬猫の保護活動に充《あ》てるべきよ。捨てられた猫たちの世話を、一般市民の猫好きおばさんのボランティアに丸投げというのは、どう考えても筋違いだよね。

獣医さんも一緒に考えて責任を感じてほしい。どうしてこうも病院ごとに診察代が違うの？　高額な治療費を払えない人が、こっそり、あるいは泣く泣く、猫を捨ててるかもしれないよ。誰のためのなんのための医療か、考えてほしい。

お役所も、もう少し税金を有効に使おうよ。動物愛護センターとか名前は立派だけど、ポスターやビラを作り、殺処分した動物の慰霊祭をする前に、やるべきことは山程あるんじゃないの。

どうしたらいいんだろうね、おぽん。そうそう、こういうのはどうかな？

例えばドイツ。この前デパートで買ったドイツのハンドクリームにこういう表示があった。『○○社はドイツ動物保護連盟に加入しています』って。つまり値段の一部はそこに行く訳よね。

日本も、もし行政主導の元に、ペットの買い主や獣医、そしてペット産業や保険会社・銀行・大企業など全てを巻きこんで、大がかりな寄付活動や資金集めを行えば、理想的なペット保護先進国に生まれ変われるんじゃないかな。

その為にはまず、本を正《ただ》すことね。

ペットショップやホームセンター等で、命《いのち》の売り買いをすることを法律で禁止して止《や》めようよ。そして見世物小屋的『猫カフェ』や、触れ合いコーナー的にウサギやふくろうや希少動物をイベントや動物園で客寄せに使うのもやめてほしい。

そして、先程の集まった資金を使って、行政がやるべき事は、例えば、古くなった公団や公共施設の跡地、あるいは山の中に、広大な動物保護センターを各地に作り、獣医やスタッフも多数雇い、捨てられた犬・猫と他のペット類も収容し、あくまでも自然環境と同じ様に自由に放し飼いにしようよ。そして犬猫の譲渡活動や買い主への各種講座なども開催し、アニマルウェルフェア（＊2）を大々的に宣伝し、その精神に徹して、病気やけがをしている動物類は最後までその施設で見守り看取るというのは、どう？

（＊2）Animal Welfare（動物を苦痛の状態にせず、良好な状態に保つこと）。

もちろん、これは一つの例。そしておかん一人では無理だけど、賛同者がたくさん集って智恵を出しあえば、色々なアイデアが生まれ、すぐ実行できそうな気がする。

もう一つ、大事なことは、猫が人によってペット化されてきた歴史からも学びたいよね。夏目さんの時代も、その前の江戸時代でも、猫は自由にウロウロしてネズミを捕ったりしていた。そんな風にして、ネズミや他の小動物が増え過ぎないよう、生態系のバランスを保つお役目を担《にな》ってきたのも猫たちなのね。基本的に家の周りをウロウロして生きる猫たちは〝ヒト〟同様、ステイホームが苦手な生き物だよ。だから今お役所が勧める猫の家庭内飼育や強制的去勢・不妊手術は、単に〝ヒト〟の都合であり、猫たちにとっては、とてもストレスフルな生活を強いられていると思う。このままいけば、ノラ猫が全く街から消えていって、ねずみが大量に増えていくよ。そうなったらどうするつもりなんだろうね。

話は変わるけどね、おぽん。昔、国際交流に関心があって、ある大学の外国人留学生を学校に招いて話を聞くという計画の手伝いをしたことがあった。その時一人のスウェーデン人学生と知り合いになり、さすが留学生だけあって日本語も堪能で、またその知性ある言葉使いや礼儀正しさにも好感が持てたので話のついでに聞いてみた。

「昔、ボブ・ディランが『風に吹かれて』という反戦歌を歌ってから何十年も経ちますが今だにいさかいが絶えませんよね。世界が平和になるためにはどうしたらいいとあなたは考えますか？」と。

彼、曰《いわ》く、「なに、簡単ですよ。地球の人《ひと》みんなが混血になればいいんですよ」

その時は、「何と乱暴な……」と思ったけれど、いつまでもその言葉が胸のどこかにささっていた。そして今は、「なるほど……」と思う。もっと大枠で物事を捉えれば、アメリカ人だろうと日本人だろうとみな〝ヒト〟であることに変わりはない。あるのは、文化や歴史や、宗教的あるいは地理的環境の違い。それと国という枠組みの違いだけだよね。そこに〝ヒト〟としての優劣の差は全くないよ。

だからスウェーデンの青年が言っていたことには一理あると今は思う。国という枠組みを外《はず》し、全ての人が〝地球人〟であると捉えると、どの人もどの子もみな大事と受け入れられるし、それが正しいグローバル化の一つのやり方かもしれない。そういう体制になって初めて本当に戦争のない世の中になるのかもと思うのよ、おぽん。

〝ヒト〟のやるくくり方には色々あってね、もう一つ、思い出すのは、最初に我が家のペットだったマリーちゃん。ちょっと出目だけど愛らしいキング・チャールズ・スパニエルの女の子で、娘が幼かった頃せがまれるままに、「血統書」付きで数十万円支払って買った子犬。今考えると、恥ずかしい程無知だったおかんは、業者の説明を聞きながら、「ローンが終わる前に、この子犬が死んだらどうなるんだろう……」と、ふと不安になった。でもさすがにこれは業者に聞けなかった。その時、自分の頭の中では、完全に『愛《いと》しのマリーちゃん』ではなく、ペットという物――つまり『商品』だった。今は、数々の子供たちとの思い出と共に十年前に逝《い》ってしまったマリーちゃんの愛らしい面影を、時々懐かしく思い出している。マリーはもうおかんにとって三番目の子供のような存在だったから。

それでも「血統書」付きで命を売る――これはやってはいけない、あってはならない行為だと思う。なぜならこれは、何でもかんでもブランド化し、選別して商品化し、高く売りつける資本主義のなせる技だから。根本命題を間違えると、あとのしっぺ返しが恐いということを、私たちは歴史から学んだはずだよ。

例えば、一九八六年頃起こった『狂牛病』がそのうちの一つ。『ホルスタイン牛』というブランド名を付けて、高く売るために牛を太るだけ太らせた。さらにあろうことか牛そのものをエサに混ぜて（＊3）、牛に食べさせてしまった。それで、何人かの肉好き若者が死んでいった。そう、あの空恐ろしい事件よね。

（＊3）「肉骨粉」としてエサに混ぜて与えた。

要するに、牛も猫も人もどんな動物も、地球上でみな命を一つずつ持つ生き物であり、そこに差異はない。そもそも、どんな命にも優劣はないんだよ。でも〝ヒト〟が独り善がりの差異を生み出して無責任に線引きしている。金もうけの為、動物を『ペット』という商品にしている。それが一番の問題よ。これ以上、〝ヒト〟の都合で地球上の大切な仲間である猫や他のどんな生き物も苦しめたり、絶滅させたりしてはいけないよ。

これが結論。そうだよね、おぽん！

全ては　夢の中へ
晴れた日の
朝露のごとく

## 2. 女であること

昔の童謡ってどこか悲しい。時に涙が出るほど。どうしてだろうね、おぽん。それって子守唄とか花嫁さんの歌に多いよね。たくさんあるけど例えば、

……十五で姐やは嫁に行き
お里のたよりも　絶えはてた……

あるいは、
……金《きん》らんどんすの帯しめながら
花嫁御寮《ごりょう》はなぜ泣くのだろ……

など、たくさんあるよね。中でも一番はこれ。
……十五夜お月さま　見てたでしょう
桜ふぶきの花かげに
花嫁すがたのおねえさまと
お別れおしんで　泣きました……

この年になっても、こういう歌を聞くと泣ける。これって何だろうね。DNAのなせる技？　それにおかんは泣き虫だからね。それと多分男と女の関係なのかも。面々と歴史上くり返されてきた。わかる？　お嫁さんは悲しいのよ。何で？　売られていくから、物《もの》だから……。

そう、〝女〟ってね、おぽん、〝物〟なの。〝人《ヒト》〟じゃないの。そして、この女の歴史はね、日本だけじゃなく、どこの国でも、いつの時代でもそうだったんだとつくづく思うよ。

フランスのね、ボーボワールという人、知ってる？　仏の哲学者サルトルのパートナーよね。大学の頃、おかんは夢中になって彼女の「第二の性」とか「娘時代」を読んだ。卒論のテーマにしたかったけど、あまりにも重いテーマで……書けなかった。若かったんだねぇ。それでもう一人気になっていた女性を選んだ。大好きなショパン。そのパトロンだったジョルジュ・サンド。そう、あの男装の麗人と言われた小説家。でも、彼女の自由奔放な生き方にスポットをあてて書いているうちにすごくいやになった。またテーマ変えるの面倒だったから、そのままお茶を濁して何とか大学を卒業した。その頃のおかんは〝人《ひと》〟ではなく、単なる女の子だったのね。それでも、胸の奥底に何かわからない違和感を持っていた。

いつだったか、大学に入学したての頃教室に入ったら、男子学生たちがサーっと二手に分かれた。異様な感じがした。どこを見ても男ばかりで、女子高出身で気後れしているおかんの目の前に、潮が引いたみたいに道ができた。その時、初めて何かをすごく意識させられた。何を？　自分がみんなと同じ〝人〟ではなく、目の前の学生にとってただの〝女〟なんだという事実を。その時はそうはっきりと気づいてはいなかったけどね。

その後、大学の同じクラブの学生たちと、夏に蔵王に行って、山小屋でキャンプファイヤーをした。何人かの学生がギターを引いてみんなでたくさん唄をうたった。それなりに楽しかった。青春だね。ふと気づくと、周りの男子学生がチラチラとおかんの方を見ていた。「可愛いいあの娘は誰のもの……」と歌いながら。すごい恥ずかしさと同時に、変ないやな気分もあった。

「えっ、もの？　そうか。女って誰かの〝物〟なんだ！」

なぜか、プライドがひどく傷つけられた思いがあった。ちょうど運悪く生理になり、心細く、ますます気分も落ち込んで、すぐにも家に帰りたかった。混乱した心と体をかかえ、一泊したテントの中でおかんは泣いたよ。幼かったのねぇ。

でもこの苦い違和感は、何も知らないもっと小さい頃からあったと思う。女が夜道でこわいのは、お化けじゃない。男の影なのよ。女子高生の時だったかな。夕方のうす暗がりの道で、一台の自転車が執拗についてきた。おかんが止まると、後ろの自転車もキーと止まり、歩くとユラユラとまた自転車のあかりがついてくる。その時本能的におかんは走って、前を歩く知らないおばさんにしがみついていた。一種の恐怖を瞬間的に感じとって。こういう似たような体験を女の子は皆していると思う。そして、知らず知らず防衛本能を身につけていくんじゃないかな。小さい女の子たちが皆賢そうに見えて、早熟なのもそこだよね。かわいそうに、幼い頃から苦労しているのよ。おぽんもメスだから、わかるよね。

これも同じく、半世紀も前の学生時代の話。仙台の一番丁の片すみに、「名画座」って言ったかな、古い小さい映画館があった。そこでフェデリコ・フェリーニ監督の『道』という映画を見た。でも、見終わって、あまりの衝撃に座席から立てなかった。何故かって？　今はわかるけど、甘いホワホワしたロマンスにあこがれていた若いおかんには、はっきりとした理由がわからなかったけど、ものすごく悲しくてね、涙が止まらなかった。それはね、男と女のそれぞれの存在が持つ因縁のような深い悲しみが描かれていたからなのね。

こういったたぐいの話って、たくさんあるよね。小説なら『テス』とか『レ・ミゼラブル』のコゼットの母親がそう。みな共通している。女が〝人《ひと》〟ではなく〝物《もの》〟扱いされて、男に捨てられるお話ね。でも「あぁ、可哀そうに……」で終わりにはできないよ。歴史上、男社会が女性たちをどう差別してきたのか。何でいつも女の側が泣き寝入りしなければならないのか。そこに踏みこんでいかないと。今も、これからも、同じような悲劇が面々とくり返されるよ。

もう一つ具体例を挙げるとね、この話で思い出すのはマリリン・モンロー。伝記によると、どうやら彼女は頭のいい読書好きの女性だったらしい。でもハリウッドが、あの目を伏せて腰をふるモンローウォークをイメージキャラにして男の性の対象に祭り上げ、『商品』として彼女をがんじがらめにしていた。要するに、モンローは男の望む〝女〟以外の生き方が許されなかった。そう、〝人〟として生きることができなかった。可哀相に……それで精神を病《や》んで自殺したんだと思うよ。この際、ケネディーがどうとか、本当は自殺ではないとかいう疑惑は抜きにしても、この時代の社会が作った女性像の残酷な悲劇の一例じゃないのかな。

そしてね、まさに、「Extremes meet.（両極端は一致する）」で、その端的な例は、このモンローと韓国の慰安婦問題。一見全然違うように見えるけど、実は根のところは同じ。モンローが米国の兵士慰問団の一員として、あちこちの部隊を回っている映像をね、どこかのテレビ番組で見た時、そう思った。寒い冬の日にモンローが毛皮のコートを脱ぐと、その下はまるで裸同然のぴっちりとしたドレス一枚。それでマイクの前で引きつったような笑《え》みを浮かべるモンロー。目の前にはニヤニヤ笑っている、うれしそうな大勢の兵士たち。「何、これ！　ほんと、可哀相に!!」って思った。どの国でも、どの時代でも、いざ戦争となると、〝女〟は戦利品であり、凌辱される奴隷的存在にすぎないのよね。だから、モンローも、日本軍が連れ去った韓国の少女たちも、〝人《ひと》〟ではないの。男の慰み〝物《モノ》〟だったわけ、そこの根本のところを、両国の政府、特に日本政府が『臭いものに蓋《ふた》式』で、うやむやにするから、いつまでも韓国の女性たちの怒りが治まらないのは当たり前って、おかんは思う。

そうそう、韓国と言えばね、おぽん。この頃おかんは韓流のTVドラマにはまっているよね。おもしろい、いいドラマがたくさんあるけど、この話で思い出すのが、イ・ビョンフン監督の『ホジュン』。そこに出てくるイェジンという女性ね。この監督さんは男性だけど、驚くほど女性の細やかな感性を描き出している。ほんと、感心してしまう。
イェジンは言ってみれば、「女性はこうあってほしい」と男性が思う理想的な女性の典型。常に自分以外の人様《ひとさま》のことを想い、他人に尽くすことを喜びとしている。一歩下がって、「いえ、私《わたくし》は……」と、言葉を濁し、はっきりと自分の意見を言わない。かといって、何も考えていない訳ではなく、ここぞという場面で、主人公のホジュンを助けるために行動し、ホジュンに的《まと》を射た助言もする。
そのイェジンがドラマの中で「女であること、そしてその悲しみについて」本音で語る場面がある。猛勉強の末に医者になるため、科挙を受験しに行くホジュン。その妻子あるホジュンをずっと想い続けてきたイェジンは人づてに彼に手紙を渡す。

「……唐の詩人、李商隠《イサンウン》（＊4）の詩に、
『十五歳の春が
なぜか悲しくて
ブランコの網を握り泣いた』
とあります。私も十五歳の時、その詩を読み、泣きました……」

（＊4）日本語よみは「り　しょういん」。晩唐の詩人。男性。

と、その手紙の中で書いている。そして、自分は女だから、どんなに志が高く知識があっても、心医《しんい》にはなれないけれど、あなたはどうぞ立派な心医になられて、患者をお救い下さいと続けている。そのシーンで、「ああ、わかる……」って、涙が出た。これまで封印してきた色々な想いが、あれこれよみがえって……女だから、あきらめてきたこと。子供を産み育てるため我慢してきたこと。外側の容姿だけで女のランクを決め、能力のある女性を嫌う、残酷な男社会があること。そういうあれこれがね、一挙によみがえってね……。

ごめん、おぽん。最初の話に戻そうか。なぜ、童謡の花嫁さんはいつも涙を浮かべるのかという話よね。たとえ愛し愛され祝福されて結婚する現代の花嫁ですら、父母の前で手をついて、お別れのあいさつをする時に泣くよね。そこにあるのはね、〝人《ヒト》〟として生まれたにもかかわらず、その儀式、つまり結婚式のあと、女は人格を否定されて、子を成す道具、つまり〝物〟として生きていかなければならない。その運命に対する本能的な哀しみとあきらめの気持ちなのよね。

無論、様々なカップルがいるし、人によって、受け止め方に濃淡はあるだろうけどね。一般的に、この日本の男社会は〝女〟を〝人〟として認めはしない。この結婚式のあとは、ずっとどこかの家の嫁であり、誰かの妻であり、子どもたちの母でしかなく、一個人の〝人〟としての社会的地位は望めない。それ故、自分自身ではなく、夫や子ども、しかも女の子ではなく男の子の出世を自分の望みとして、生きていかざるをえない。おぽん、これってね、「女三界《さんがい》に家なし」（＊5）って昔々から言われている格言通りなんだよ。それを否定して、仕事一筋に生きたければ、結婚は無理、子供はハンデとなるから、両方ともあきらめざるをえない。そしてね、この生きづらさは、少しはましになったかもしれないけれど、現在もまだまだまかり通っているよ。

（＊5）子の時は、親の家。嫁に行けば夫の家。老いては子の家にいる。↓どこにも安住の地はないこと。

たとえば、「主婦」という言葉は、宙ぶらりんな意味も権利もない言葉だし、奴隷的なニュアンスすら持っている。そして、社会的にも差別されていて、ひどい亭主だと、「誰にメシを食わせてもらっているんだ！」なんて言うよね。これじゃあ女性は奴隷と何ら変わらない。だから、たとえ長い間連れ添っていても、妻の側から求める熟年離婚は跡を絶たないと思う。女性たちが、あとわずかしかない残りの人生で、個人の尊厳を取り戻したいと願うのは当然だと思うから。

そしてね、おぼん。「奥様」という言葉も女性を立てているようで、違うよ。主婦・女中・下女と言っても同じ。大差はないよね。ついこの間まで、どこかの畳屋さんの店先に、「畳と奥様は新しければ新しい方が良い」って貼ってあった。これ、笑えない。唖然とするよね。だって、男が女を〝物〟扱いする典型的発想よ。物だったらきれいで新しい物をみんな欲しがるし、飽きたら別な素敵な物が欲しくなる。あげくに古くなれば罪悪感も持たず、捨てちゃうしね。どこまでいっても〝物〟は〝物〟だから切りがないのね。

でもね、おぽん。その一方で〝人〟は誰でも愛し愛されたいと思っているんだよ。そしてね、ここがとっても大事。〝人〟同士の愛は数じゃなくて深さの問題だから、代わりがいくらでも見つかるわけではないんだよ。

だから、戦争未亡人は、なかなか再婚しない。若くて二人の愛が最も輝いていた時に、戦争が二人を引きさいたから。竹下夢二の「宵待草《よいまちぐさ》」。おかんの好きな歌曲の一つだけど、どうしてあんなにもの悲しいのかな。これもね、夢二の決して叶わなかった初恋の相手に対する想いの深さなのよね。ジョン・レノンの〝Mother《マザー》〟が名曲なのも、そこ。五歳の時に交通事故で母を亡くし、ジョンはそのあと叔母に育てられた。その亡き母に対する、決して満たされることのない恋しさと喪失感。それが切々《せつせつ》と歌われていて、何度聞いても胸に迫るのね。わかる、おぽん！　これってね、〝人〟を人たらしめる、いつの世にも通じる『情《じょう》』の問題よね。

別の切り口から、もう一つ例を挙げるとね、おかんの好きな『星の王子さま』のバラと王子の関係ね。〝人〟の愛ってね、男と女の間だけに生まれるんじゃないよ。しかも、AIとかロボットに対しては生まれにくい。愛ってね、命あるもの同士に生まれるんだよ。おぽんとおかんみたいにね。そして愛ってね、複雑で深いの。男女のみならず、友だち同士や、両親や子に対する愛や、隣人愛とか人類愛とかね、どこにでも存在している。言い換えるとね、〝人《ヒト》〟って、愛がなければ生きていけない動物なのよ、きっと。

それでね、この星の王子さまは、一輪のバラの花を愛していて、こう言うの。「大事なことは目に見えないんだよ。心の目で見ないとね。」って。本当にそうよね。だけど現代を生きるおかんは、もっと具体的にこう言いたい。「大事なものは、お金では買えないよ。友情や信頼、愛情や尊敬なんてどこにも売ってはいないよ」って。

みんな何か勘違いしている。何でもお金で買えると思っていない？　この社会って、ことん、資本主義なんだよなぁ。〝人のため〟とか〝社会のため〟とかみなスッポ抜けて、ひたすら欲深い商業主義に落ち入っている。お金が全て？　そういう人多すぎ。品位ないよね、おぽん。

歴史的観点から見ると、ボーボワールという人がね、今から七十年ぐらい前にこう言ってた。「女は社会によって作られる」って。そうその通りよ。この国はね、三百年もの間、鎖国つまり、国を閉ざして、儒教や朱子学の精神で、武人政治を続けてきた国だから、今でも社会の隅々に至るまで、もうそれこそ骨の髄まで、女性差別が染み込んでいるのよ。

それから、もっと歴史を遡って、敢えて乱暴な物言いをすると、宗教の教祖さまたちも、みんな男よね。キリストもマホメットも釈迦も、そして孔子さまや孟子さまたちもね。〝人〟を表すのに英語ではずっと〝man〟だったしね。歴史的に見ても〝女〟は物の数にすら入っていなかった。男社会の歴史は、それこそ、気が遠くなるぐらい古くから、そして、長い間続いてきたよね。

それでも、キリスト教が一番マシかな。西欧では、キリストを産んだマリア様をずっとずっと大切にしてきたでしょ。男女平等を言う時、ここって大事――命を産み育てる存在として、社会が女をどう促《とら》えてきたのかということが。西洋の歴史がずっと長く繁栄し続けているのも根底にはそれがあるからよ。マリア様をずっと尊《たっと》んで、大切にして、礼を尽くしてきたからだと思う。素晴らしい文化遺産として「アヴェ・マリア」の歌曲、生母マリア像や絵画等、ヨーロッパには数多く残っているし、エリザベス女王やメルケル首相のような女性のトップが、すんなりと人々に受け入れられ、尊敬されている。西欧のそういうところは実にうらやましく思うのね。日本では、女性天皇や女性の首相なんて、このままの社会状況下では決して生まれない気がするから。

片やその今日《こんにち》の日本。おかんも女性活躍社会は賛成。何といっても、国民の半数は女性だしね。有能な女性たちを使わない手はない。でも、これまでの男尊女卑のやり方を一切変えず、〝おっさん政治家〟が「男女機会均等」って声高に叫ぶ時、「えっ？　それ違う！」って、おかんの本心は動く。ご都合主義的に男社会が〝女〟に押しつけてきた家事・出産育児・夫の世話、そして老父母の介護。それにさらに、男並みの社会的仕事をつけ加えて、全部やれというのは、全くもって「ノー！」と言いたい。それって、これまで〝人〟扱いせず、差別してきた女性に益々負荷をかけるやり方だから。

もう一つ、間違えていると思うのはね、男女の体の持つ「性差」を鑑みることなく、男と全く同じように、女も文武両道に秀でて、腕力をつけ、兵隊や警察官などになることが男女平等だと思われていくこと。これも変よね。男の物差しで一方的に女性の能力うんぬんを語らないでほしい。そもそも女性は、体力や筋力の勝負は得意じゃないよ。体がそう作られてはいないし、そこを差別の根拠にするのはおかしいよ。本来、女性は美しく、繊細で優しい。かつ、気品高く、男性同様英智をも合わせ持っている。全員が全員そうだとは言いきれないけど、そう思う。なぜなら、女性は命をつくる性であり、命を育てる性であるから。子を産み、育て、家を守り、細やかな感性で隅々まで気を配り、世の中のゆるぎない日常の基礎を作っている〝essential《エッセンシャル》 worker《ワーカー》〟は女性たちなのよ。まず、そのことを認めなくちゃね。

特に、母親となった女性が、男の性を持つ我が子にどう接し、育てていくのかが、これからの社会では問われていくと思う。男の子たちを甘やかさず、決して母親のペット的存在にもせず、そして夫が駄目なら息子に頼ろうなどという甘い考えは捨てることね。結局息子をスキッとしたいい男、つまり〝大人の男〟に育て上げられるかどうかは、母親の双肩にかかっていると思う。

昔から「男の悪知恵《わるぢえ》」「女の浅知恵《あさぢえ》」と言われるように、大きな事件、特に殺人・テロ・戦争などを起こすのは、大抵〝悪い男〟。でも父母に愛され、安定した幼児期を過ごした〝大人の男〟は、社会に出てもそういう悪いことはしないと、おかんは信じている。

故に、これから育つ男性は、この女性の思いと有り様《あよう》をしっかり把握し、受けとめて、人生を共に歩む真のパートナーになってほしい。十月十日《とつきとうか》の妊娠期間のみならず、我が子が学童の期間中はもちろん、成人して職を得、自立するまで、パートナーの女性の母親業をしっかりサポートしてほしい。夫として父として必要とされる〝人〟であってほしい。

そのためには、これまでの男が持っていたような甘い考えは捨て去ることが肝要よ。つまり、小さい時は母親に、結婚したらパートナーに、家の細々とした面倒くさい仕事や、やりたくない雑用を押しつけることなく、一人前の、何でもこなせる大人の〝人〟として男も自立しなくちゃ。戦国時代の侍《サムライ》じゃないんだから、威張ることだけ得意で、何でもかんでも、力で支配したがる暗黒の欲望は、もう捨て去ることね。これからは、「男だから強くて賢い。女だから弱くて愚かだ」という固定観念を捨てて、対等のパートナーとして一人の女性と深い信頼と愛情で結ばれ、共に人生を最後まで歩む覚悟で、結婚してほしい。

でもね、一つ気になっていることがあるよ。歴史上長い間女が〝物扱い〟されてきたのに、なぜ女性たちはタッグを組んで立ち上がらなかったのか、その理由よね。その一つは、女性は潜在的に争いごとが好きではないという、女性の気質に深く帰因していると思う。女性たちは何かもめたらすぐあきらめる。でなかったら忖度してすぐ同調するよね。女性同士だと修復不可能で面倒くさいから、すぐ引く。男性相手だと力では無理と本能的にわかっているから、黙っちゃう。特に性関係の場合、力で威嚇されれば命にかかわるので、息をひそめて耐える。それを相手の男は同意していると曲解し、いいように利用される。

男尊女卑の歴史も長すぎたしねぇ。卑屈になるのが悲しい程染み付いてる。だから、中々前に出られない。下手に出ると、「女のくせに！」とか、「女は黙ってろ！」「引っこんでろ！」とか言われるしね。だから、危険が迫れば、女は戦わないのが普通よ。まず逃げる。子供がいたら、子供を抱いてすぐ逃げる。ひたすら逃げる。でなければ、ひたすら耐える。それでもだめだったら、女に生まれたことを呪いながら、これまでと観念する。それしかないもの。仕方がないよね。それは重々わかる。

でも昔ね、おかんが若い時読んだ哲学書にこういうのがあった。「……人は本能的に戦うことが好きである。たとえ平和裏《り》においても仮想の敵国を作り云々……」といった文面を読んだと思う。誰が書いたか覚えていないけれど、その時は米ソ冷戦時代だったから、「あぁ、その通り。戦争ごっこが好きなんだよなぁ。だから要《い》りもしない核兵器なんぞ山程作って、『ホラ、どう？　これすごいだろ』って、相手に誇示してるんだよね。」と妙に納得してた。でも、どこか引っかかる思いもあった。これって、言わゆる『お山の大将』、男の本能そのものよね。つまり、いつでも、自分が一番になりたいのね。女にはないよ。まあ、『女王』願望の威張りたがり屋というのはいるけどね。

基本、女性は奇麗なものが好きで、おしゃべり好き、おいしい物を食べるのも大好き。仲間と競いあうより、一緒にワイワイ楽しく共同作業をする方を好む。結構こわがりで臆病だから、痛い思いや血を見るのはいやだけど、時には腹をくくり、命がけで子供を産み、また子育て中に我が子に害が及べば、信じられない程の勇気を出す時もある。我が子に危険が迫り、逃げられなければ、そうね、おかんなら、ちゅうちょせず武器を取るよ。戦うよ。でもそういう事って、人生において、そうめったには起こらないけどね。

一般的に争いごとの嫌いな女性は、一生無事に平和に暮らしたい。戦争なんぞ決して起こしてほしくないって思うはず。与謝野さんの「君死にたまふことなかれ」と同じ気持ち。子や孫を戦争に出すのは御免こうむりたい。何らわからん『国の大義』のために、子どもたちを苦労して育てているわけじゃないもの。

そこで気になるのは、男の政治屋たちの本音。悪いけどおかんには、黒かグレーの制服を着た、色目《いろめ》のないマフィア軍団のように、見えるんだけど……。彼らは本質的に争いごとの嫌いな女性を、当然ながらその集団に交ぜたくはないのよね。だから、日本の政治グループや、会社・組織のトップに、女性の少ないこと、少ないこと……。

そこに、日本人の国民性も複雑にからむしね。日本人って、変化を好まない。でも目新しいものは好き。人はいいけど、人付き合いは下手《へた》で不器用。でも手先は器用。恥ずかしがりやで、スマートにレディ・ファーストなんて出来やしない。その上、集団同調意識が強く、かつ非常に我慢強いときてる。だからそれが、世論調査に如実に表れているよね。これ以上、悪くなるのを恐れて、いつも現状維持に流れるのを。それに乗じて、一党独裁の、しかも男だらけの侍《サムライ》的政治が、第二次世界大戦後も延々《えんえん》と続いてきたのよ。これじゃあ少子化も止まらないし、女性差別も終わることはないって、ため息が出ちゃう。

でもね、そろそろ、日本の〝人〟全員が何が正しいのか、心の声をよく聞いて、男女の性差にも正しく向きあって、もっと社会の変化を真摯に受け入れる勇気を持ってほしいと思うの。

女性たちの反乱がもっともっと強くなっていく前に。全てが手遅れになる前に。そして〝人《ヒト》〟の種目に日本人という項目がなくなる前に……。

それでも、どの時代でもこれからも、変わらないだろうと思うことがある。それは、『男女の持つ根本的な性差』。脳を含む肉体的・そして本質的性格の差。

女の特質は ね、一言で言うと「優しさ」。ゆるぎない「強さ」を持つ「優しさ」。そしてね、男の特質はやっぱり「強さ」。でもそれは、底知れぬ「優しさ」を持つ「強さ」ね。

それで思い出すのは、おかんの両親のこと。物心がつくかつかないかの頃、おかんは原因不明の熱病でずっと入院していた。その時、母が、父とまだ幼い姉を家に残し、病院に寝泊まりし、つきっきりで看病してくれた。その頃の記憶は殆んどないけれど、一つだけ鮮明に覚えているのは、おかんの頭をなでる、心に滲みるような母の手のぬくもりと胸のやわらかさ。

そして、もう一つの記憶はね、おぽん。父のこと。おかんが二十歳《はたち》ぐらいの時だったかな、これも原因不明の急激な下痢と吐き気で、おトイレから出られなくなった。死ぬかと思った。その時父が役所からあたふたと帰ってきて、ぐったりしたおかんを背負い、近くの病院へ歩いていった、というより走っていった。その時の骨ばった広い背中の安心感。これも鮮明に覚えている。ああ、こうやっておかんは死なずにここまで生きてきたんだなあと、つくづく思う。有り難く思うのよね、おぽん。

だから、おかんはね、男女どちらか一方の味方ではないよ。どちらか一方が、もう片方を不幸にしてはいけないって思うだけ。片方を犠牲にしたり、泣かせたりしたら、両方とも決して幸せにはなれないっていうことをわかってほしいの。

〝人〟みんなが、「男らしさ」や「女らしさ」より「人間らしさ」に価値を置いて、広い心を持ち、お互いに相手のことを深く思いやり、共に安らかに年を重ねてゆく。

これが理想よね、おぽん。

おぽんのひとみに　おかんがいる
おかんのひとみに　おぽんがいる
　それだけで　いい
それだけで　幸せ

## 3. 再び　おぽんのこと

猫たちは、森羅万象を体で感じる。ヒゲで風を受け、鼻でどんなかすかな臭いもかぎつけ、耳でどんな音も聞き分け、瞬時に判断し行動する。本当に賢い。とくにおぽんは、おかんとの距離をはかり、おかんの気持ちを忖度し、時に寄り添う。こんな風に、人と猫はこの地上で長い間一緒に暮らしてきた。

そんな猫たちを、私たち〝人《ヒト》〟が自分たちの都合で彼らの生殖機能をカットし、あるいは不任手術をし、家に閉じこめ、あるいは捕えて殺処分をしていいとは思えない。

そういう理由で、お上《かみ》のお先棒をかつぐ、「ノラ猫を地域猫にするボランティア活動」をここ数年程やってきたが、あっさりやめることにした。たとえ、二～三年位しか生きられなくとも、「ノラ猫」として、自由に真っ当に最後まで猫らしく生きていくのも有りかなと思うから。

ところで、おかんの家には三匹の猫がいる。色々な経緯で出会った猫たちだが、どれも出身は〝ノラ〟である。

最初に来たのはおぽん。雌で多分八歳ぐらい。次に来たのが、五歳の雄のプチ。動物病院の玄関先に生後間もなく捨てられていたうちの一匹。そして最後に来たのがソックス。

団地内で見つかったはぐれ猫の雄。年令不祥。子猫でも老猫でもなく、来てからはや二年経つ。でも、この三匹の同居猫同士、実に相性が悪い。それで、仕方なく時間と空間を分けて、ややこしく暮らしている。

プチは白い和猫で、アーモンド型の美しい瞳を持っている。そのガラス玉のような瞳は、時に薄い水色、時に薄い緑色に光る。

ソックスは、別名タキシードキャットと呼ばれる大型の洋猫。胸と足先四本とも真っ白で、その他は全身まっ黒。光の加減によっては、えび茶色に見える長毛種の洋猫。まあるい黒いボタンのような瞳の回りを、きれいなブルーの輪が囲み、毛足の長いフサフサの黒い尾を持つ。実に立派で美しく、イケメンである。

でもおぽんは、この二匹の雄猫をどういう訳か嫌っている。側《そば》にちょっとでも寄ろうものなら、すぐ「ブーッ」とか「べーッ」と低くうなり、ガリガリと派手に爪とぎをし、「あんたたち、嫌いよ！」のデモンストレーションをする。彼らは何とかおぽんのお尻の匂いが嗅ぎたいようなのだが、おぽんの剣幕に押され、スゴスゴと引き下がる。

大抵、争いの原因はソックス。あとから来たくせに、デブで態度のでかいソックスがすぐちょっかいを出すので、あっちこっちで「ワォ〜」だの「ギャア〜」だのとなる。その結果、鈍くさいデブのソックスは、すぐ飛んでくるおかんに捕獲され、ケージに入れられて、一件落着となる。

当のおぽんは、言わゆるサビ色の洋猫。座っている後ろ姿はまるで魔法瓶。メインクィーンの血が入っているのか、首回りがフサフサで足が短く茶色なので、遠目には狸に見える。近くで見るとうす茶色の地色《じいろ》に、金茶・こげ茶・黒の三色を墨絵の如く流し入れたような、見事に複雑な毛色をしている。その尾は、絹糸のように柔かく、まるで茶色の毛皮のえり巻のよう。先端が黒いので、時折り大きな太い筆先《ふでさき》のようにも見える。そのしっぽを足元に優雅に巻きつけ、黒いクレオパトラ・ラインに縁取られた、キリッとした目付きで座る様《さま》はまるで貴婦人。

あぁ、何という親バカ、いや猫バカ！　猫バカついでに言わせてもらうと、おぽんは十はおろか二十に近いおかん言語を理解している。「おいで」「あぶない！」「ダメ！」「ストップ」「マンマよ」「行くよ！」「どこ行ってたの？」「心配したよ！」「おりこうさん」云々にすぐ反応する。

そしておぽんも独特の言語を発する。例えば、台所で揚げ物なんぞをしていて、すぐ戸を開けられない時など、おぽんは入ってくるなり、かなり派手に泣く。「グジュグジュ、グジャグジャ……」と文句を並べたてる。「あら、ごめん。気づいてたけど手が離せなくて……」と言うおかんをじっと見つめ、そして納得したように寝そべり、満足そうに前足を舐《な》め始める。

この世の中で、絶対にこうと思えることはあまりない。けれど、おぽんとおかんにはある。それは、言葉がなくとも目と目で見つめあって、わかりあえる幸せ。それって、若い恋人同士や、母親とベイビーもそうよね。

そういう濃い感情を持てれば、そういう実体験が一つでも二つでもあれば、〃人《ヒト》〃は人《ヒト》らしく生きていける。そう思う。

世の中には、色々な言葉がある。人が使う場合は単なるコミュニケーションのツールでもあり、『言霊《ことだま》』と呼ばれてきたように、不思議な力を合わせ持つ場合もある。また、「〃人〃は言葉を持つから高等だ」と言われるが、鳥や鯨やイルカなども鳴き声や超音波を使って、かなり複雑なコミュニケーションをしているという説もある。どれが利口かどうかと言うつもりはない。ただ、かなり違っていると思うのは、〃人〃の言葉は、時に気持ちを裏切り、あるいは本来の意味を離れ、人間関係を複雑にし、傷つけ、あるいはこわす力があるとおかんは思う。

その典型的な例は、政治屋の答弁。ニュースなどで毎日のように流される、デコデコに立派な割に薄っぺらで意味を成さない言葉。聞いていて、「もういい！　たくさん！」とテーブルを叩きたくなる。こういうのを昔の人は『腹芸《はらげい》』と言ったのね。腹に一物があるから、こういう受け答えとなる。

もう一つ例を挙げるとすれば、スマホを使った『イジメ』。面と向かっておべんちゃらを言い、陰でスマホを使い、平気で相手を傷つける。こういった二重人格的〃人で無し〃の行為が、子供から大人まで、この頃横行している。実に嘆かわしい。

そういう訳で、おかんは、スマホでのメッセージのやりとりは、家族以外では使わないことにした。基本、急ぎの用事は電話を使い、急がない時には手紙を書く。そして大事な事を話し合うためには、その人に会いに行く。目と目を見つめて、直《じか》に話がしたい。コロナ禍の中で、その思いはさらに強く、確かなものになった。

この頃流行《はや》りのＺｏｏｍ（ズーム）とやらの機械を通して大切な商談や会議をしても、ものごとは前に進まないし、また、大したことはできないだろうと思う。学校でも、こういう端末のちっぽけな画面を通して、知識のいくつかを〝教える〟ことはできても、子供たちを愛情をもって躾《しつ》けたり、子供たちの考える力を育てたりする『教育』は恐らくできないだろう。そう思う。なぜなら、機械は機械であり、それ以上でもそれ以下でもないから。エネルギー源がなければ使えないし、精密であればある程すぐ壊れるし、子供から年寄りまで誰もが操作に精通しているとは限らないから。

ほぼ国民全員が持っている〝スマート〟なフォーンなるものも、先の大震災で全く使い物にならなかった。すでに実証済みなのよ。全てのエネルギー源やインフラが失われた震災のような危機の時、一番手っ取り早く確実なもの、それは最も単純なマンパワーだった。あの時、パニックの石巻で手書きの壁新聞を作っていた人たちがいた。そして絡《から》みあった糸のように錯綜する、バラバラの家族や友人たちの情報を、ゆっくりではあったが確実に伝えあったと聞く。そして全ての交通手段が麻痺し、信号も消えた暗やみの町で、延々と連なる車の中にいた人達よりも、どこまでも歩いていった人たちの方が早く家に着いたという話も聞いた。

「言葉」に関して言えば、もう一つ、忘れられない胸の痛みを伴うものがある。それは、大震災の時にマスコミやメディアでしょっちゅう聞かされた「絆《きずな》」という言葉。あれはどうかな……物事に裏と表があるように、何か二通《ふたとお》りの相反する意味があったように思う。もちろん、多くの人がその言葉に癒され、励まされたかもしれない。でも残酷で聞きたくないと思った人もいたと思う。おかんがそうだった。震災の年、十二年間ずっと一緒に暮らしてきた老犬のマリーを亡くし、その次の年、介護施設から引き取ったばかりの母を亡くした。震災そのもので亡くなった訳ではない。でも、そのドサクサの中で、本当に大事な命を次々と亡くしてしまった。これには心底応《こた》えた。かけ値なしにおかんを愛し支えてくれていた大事な存在だったから。その時《とき》聞いた言葉が「絆」だった。

「きずな、きずなって言うなよ！」と正直腹がたった。

「切りたくない大事なきずなを失ったんだよ。残酷だよ！」と思った。

特に母はおかんが守っていると思っていたけれど、弱々しく衰えても、惚《ぼ》けてしまっても、母は母。その母におかんの方がずっと支えられてきたんだということを、その時亡くして初めて知った。

何年たっても、春が来ても秋が来ても稲穂も実らず黒いままの田んぼや、見慣れた風景が失われた黒いガレキだらけの荒野の中で、車を走らせていると、

「ゆめちゃん、お水ちょうだい」

「大丈夫？　ちゃんと食べてるのかい？」

という母の声が、ふと聞こえてきて……悲しくて、悲しくて……涙も出なかった。

無論、当時私なんかよりもっとひどい経験をした人たちはたくさんいた。私の辛さなんて比較にならないぐらい小さいと言う人もいるかもしれない。それでも、悲しみに優劣をつけてはいけない。どのような形であれ、その人にとって掛け替えのない人や物を突然失くすことは、辛いことなのだから。福島の原発のせいで、大切なふるさとを失くした人の悲しみも、津波に根こそぎ土地も人も奪われてしまった人の苦しみも、比較してはいけない。あの日、あの時、東北にいて、あの大震災を体験した人全員が被災者なのだから。

やがて季節がめぐり、やって来たのがおぼんだった。そして、おぼんによって、おかんは救われた。

何が　正しいのか
いつも　探し求め
誠実に生きていく
そういう人で　ありたい

## 4. アトムのこと

おぽんちゃん、〝人〟って何なんだろう。どう生きてきたんだろう。どう生きたらいいんだろう。

おかんが思うに、〝人〟は皆動き回る生き物だから、点をつなぐように、ただただ瞬間を生きていて、その全ての人の点は、太い鎖のようにからまりあって、過去から未来へと一つの大きな流れとなってつながっている。ただそれだけだと思う。その流れには上昇も下降もなく、前進しているのか後退してるのかすら〝人〟にはわからない。いわば『金太郎アメ』のようにただつながっている。そんな風に思える。だから、どこを輪切りにしてもみな同じなんじゃないかな。単にそのバックグラウンドが若干違うだけでね。

おかんぐらいの年になると、巷ではね、終活の仕方とか考えるらしいけど、財産や物の整理をするだけじゃなくてね、どう生きたのかを、きちんと伝えてから、あの世へ逝《い》くべきだと思うの。次の世代の子どもたちや孫たちが未来を作るためにね。

おかんの時代、平和の割にはみんなちゃんと生きていたわけではなかった。どう考えてもおかんなんて最低。劣悪だと思っても下には下がいて、上には霞がかかる程ラッキーな人たちもいる。そして人生間違えたかなと思う瞬間もたくさんあってね。みんなみんな、もう一度やり直したいって思っているんじゃないかな。

こういう時、おぽんは辛抱強く話を聞いてくれる。おかんはいつものようにおぽんの頭をなでながら、考えている。ビロードのようなその毛並みは、見た目よりずっと柔らかく、手の平にその温かみがジーンと伝わってくる。おぽんはいつものように、丸い宝石のような目を光らせて、じっとおかんを見たり、そっと視線をずらしたりしている。そして、時には額にしわを寄せて、妙に感慨深い表情をする。

おぽん、おかんはね、小さい頃ずっと川の側《そば》で暮らしていたんだよ。広瀬川《ひろせがわ》っていうの。対岸にね、八木山《やぎやま》っていったかな、小さいお山があった。うっそうとした杉林の間から、ちょっとだけお寺の屋根が見えてね。毎朝必ずかっこうが鳴いて、そのお寺の鐘がゴ～ンと鳴った。夕方になると、川からそよ風が吹いてきて、その風に逆《さか》らうように、カラスが鳴きながら山の巣へと帰っていったよ。

夜は星がきれいだった。その頃、家にお風呂がなかったから、家族で霊屋橋《おたまやばし》近くの銭湯に行った。濡れた髪を川風に吹かれて帰った夜道。見上げた空には、満天の星がキラめいていた。おかんの宝もののような気憶の断片ね。

でも今はもうないよ。

今はね、マンションや家々がびっしりとそのお山にへばり付いている。しかも壊れたこうもり傘のように、バラバラと電線がからみついてね。連なるお山の天辺《てっぺん》には、鬼の角《つの》のように、二〜三本、鉄塔がそびえていて、夜になると、チカチカとあやしい光を発している。

こういうのを近代都市って言うのかな。杉林や森がすっかり失われても、『杜《もり》の都』って呼べるのかな。複雑。人工の物が、機械的な物が、風景の中に増えれば増える程、不安な思いがつのるのは、おかんだけなのかな。何もない方がもっと美しいんじゃないのかな。

あの高村智恵子さん（＊6）が言ったように、

「……あれが阿多多羅山、あの光るのが阿武隈川……」って。


（＊6）『智恵子抄』高村光太郎作。

どこの夜景を見ても、そうね、すごくきれいだとは思う。クリスマスのイルミネーションも素敵よね。所詮、おかんも女だし、ダイヤのようにピカピカ光るものには弱いかも。でも何か違うといつも思う。何かわからないけど、いびつな感覚がよぎるのよ。これって何だろう。特にあだ花のように光るネオンサイン。うーん、ちょっとねぇ。無機質で冷たくて品がないと思う。なぜって、一般の善良な市民や農民は明日に備えて、もう寝ているから。

昔、三十年ぐらい前かな。機会があってね、東南アジアの国々に行ったのね。あれは夕イのプーケットだったかな。夕方、大きなまあるい太陽が海に沈んでいくのをずっと見ていた。椰子の木の葉が生ぬるい風に吹かれてザワザワいっててね、夕闇が迫って、空にはたくさんの星々がまたたいていた。そしてこれもまた生ぬるい「ビンタン・ビアー」（＊7）を飲んでいたら、ふっと体の力が抜けて、不思議と心が安らかになった。そしてふと思った。何やら嘘くさい、きらびやかな都会を支えるために、あるいは国や会社や金のために、あくせく働く意義って何なんだろうって。そして美しい海辺を持つこの国も、やがて日本のように、コンクリートだらけで土のない、ビルが林立する都会になってゆくのかなって。それって、いいこと？　悪いこと？　てね。そう思った。

（＊7）地元のことばで「ビンタン」は星のこと。

今はもっとね、不安と恐怖が募るの。おかんの時代、若者には夢があったよ。〝イジメ〟なんてやっている暇もないくらい、みんな必死に勉強してた。そして、多くの若者は中学卒業後すぐ働き、一億総中流と呼ばれる程、他の国に類を見ない豊かな社会を作った。でも、今の若者には夢がないよ。ついでに希望もないし、未来もおぼつかない。あるのは、さらに苛酷さを増す環境破壊や、メガ級の天災と、目に見えないウイルスという敵。

そして、前世紀の人々が残した、しかもさらに多く作ろうとしている、夥《おびただ》しい数の核兵器と原発。かてて加えて、処分しきれない程のプラスティックというやっかいなゴミ。こんなにも多く、抱えきれない程の負の遺産を若者たちに押しつけて、おかんたちの年代はこのままこの世を去っていいんだろうか。あの学生運動をしてきた情熱とエネルギーは一体どこへ行ったのだろうか。どうしてこうなったのかという反省はないのか、しないのか。こうした方が良いという再構築の提示や、的を得た未来像を描くことすらできないのか……と、コロナ禍で全世界の人々が病に倒れ、苦しみ、死んでいく中で、スポーツの祭典に熱狂する人々のテレビ中継を見ながら、おかんはもんもんと考えている……。

テレビと言えばね、おぽん。一九六四年の東京オリンピックの時、殆どの日本のお茶の間に、テレビが爆発的に普及していったのね。その当時の子供たちが夢中になって見たのは、月光仮面やスーパーマンのようなヒーローものだった。他にもたくさんあるけど、象徴的に思い出すのは『鉄腕アトム』ね。でも、これって、皮肉よね。二発の原子爆弾で徹底的に破壊されて敗戦国になった国の子どもたちが『アトム』にあこがれ、夢中になったんだから。

そのアニメの歌詞の一節はこういうの。

……心やさしい　ラララ　科学の子

十万馬力だ　鉄腕アトム……

この歌をうたって、当時の子供たちは、科学に対する強いあこがれを持ち、宇宙船やロボットや火星人及び謎の生命体の話――ゴジラやモスラ等――に夢中になっていった。さらにケネディさんが、「十年後に月に行く」と宣言し、実際に月面着陸を成し遂げてしまい、さらに科学中心の世界観を拡散していった。

でもこれってね、裏を返せば、神風の吹く〝神の国〟が、科学の生んだ二発の核爆弾で吹き飛ばされた。その結果、日本を支えていた当時の武士道と神道《しんとう》の精神そのものが、徹底的に叩きつぶされ、否定された。そのことのいわば反動よね。そして、今度は、徹底的に科学技術を信奉していった。その象徴が、〝アトム〟だったと思う。

そして、次に、鳴り物入りで登場するのが〝コンピューター神話〟。何でもできて便利。オフィスの紙はもう要らない。出社しなくていい。企業戦士のように働かなくてもいい、というスマートなオフィス像。本当？ そうなった？ 考えてみて。コンピューターのお陰で便利な世の中になりましたか？ みんな豊かになりましたか？

色々な観点から思い返してみると、「ウッ、何か変！」と思うことの方が多かった。例えば「ピザ」。レストランに行かなくても、電話一本で届けてくれるお店ができた。ところが、ラーメンやおそばの出前とちがい、まず名前と住所と電話番号を詳しく聞かれる。そして、電話の向こうで何やらカチャカチャやっている。何かと問うと、「コンピューターに登録しています」と言う。「えっ、何で？」と思う。次に「サイズは？」「トッピングは？」とくる。その種類もやたら多く、注文のやり取りに時間がかかるようになった。

選択肢が増えすぎるのは、そう便利だとは思えない。無駄に迷い、不自由極まりない面倒も同時に起こる。「コーヒー！」と言ったら、すぐ出てくる喫茶店と違い、いちいち客の注文に答えて作るから、店頭でも配達でもえらいこと時間がかかる。夕食を作る時間がないから注文しているのに、何たる矛盾。

次に来たのが「カード社会」。テレビのコマーシャルで、「このカード一枚で、もう財布は要りません」云々と言いながら、金髪で青い眼の素敵な青年が背広のポケットからサッとカードを一枚取り出した。それでその後どうなった？　お財布は要らなくなった？　いえいえ、現金も必要。その他にクレジットカード・銀行毎のカード・病院の受診カードにまだあるよ、山のようなお店のポイントカードで、お財布もカード入れもパンパンに膨らんだ。さらに、お店のレジ前では、いちいちカードを捜す客のせいで長蛇の列ができた。

「何、これ？」って思った。

大体生活の底辺部分を〝女〟任せにしている〝男〟たちが作り上げる〝からくり〟には、いつも〝うさん臭いところ〟が多々ある。純益は全てカード会社。主婦は益々時間が奪われ、余計な仕事が増えていく。

まだまだあるよ。電話もそうよね。昔ね、ポケット・ベルっていうのがあった。急を要する時、ポケットの中の小さい四角いものが、ピピッ、ピピッと鳴るの。そうしたら、今はないけど、当時はどこにでもあった電話ボックスに飛んでいって、その通信主に電話するのよ。個人の時間を盗む機械の登場ね。そしてこれがスマホの原点となるワケ。パブロフの犬のように、鳴れば条件反射で、どこか近場の公衆電話を探す。そうすると、そこもまたまた長蛇の列。緊急であっても全然速くないし、しょっちゅうかかってくるのは大抵は会社の上司。医者も真夜中、ポケベルで頻繁《ひんぱん》に呼び出されたと聞いたよ。それで、いつの間にか廃《すた》れちゃった。

　今はもっと酷《ひど》いよね。つまり、スマートなフォーン。どこに行っても誰でもみんなこの四角の箱を持ち歩き、四六時中それを見つめている。そして、お互いにそこが変だという意識すら持っていない——そこが変。たとえば若い男女がデートして、お互いを見ることなしに、お互いのスマホを見つめて、喫茶店に座っている、親指だけ忙しく動かして。よく見る光景だけど、それってすごく変よ。会う必要ないじゃないって思う。時々、変と思うおかんが変なのかなと疑っちゃうよね。はっきり言って悪いけど、みんな自分のために生きてない、スマホのために生きてる。だからスマホを手離せない。なんせスマホは、〝とても便利〟で、ショッピングセンターとゲームセンターとパチンコ店やカジノ、それに、CDプレイヤーとTVと映画館とか、銀行・図書館・塾・辞書・地図等、何でもかんでも持ち歩いているようなものだから。キル《kill》（＊8）・タイム《time》もいいとこ。病《や》んでるねえ。

（＊8）時間をつぶす。

テレビもそう。

昔は国営放送と民放の二つか三つのチャンネルしかなかった。それが、あれよあれよという間に有料多チャンネルとかが出てきて、多チャンネル化していった。しかも頼んだ訳でもないのに、デジタル化？　4K？　8K？　と、電波も勝手に進化していって、その都度、やれ「新しいチューナーが必要です」や、「そのための契約が必要です」とか、「お支払いもお高くなります」とか言って、業者がくる。「何よそれ！　もうやめてほしい！」と正直思った。生命維持に絶対的に不可欠とは思えない、しかも目には見えない電波のために、こんな高額な受信料を取られるのは、何か釈然としない。しかも番組自体の質の低下も甚だしくなった。これはね、スポンサーのために最大公約数的に視聴率をかせぐためなのよ。だから、広告ばかり流す番組やネットショップ番組や、その他お笑い番組や、ゴシップ&ドッキリ番組とどんどん低俗化していく。それで足りなければ再放送につぐ再・再放送と電気の無駄使いのような番組が際限なく増えていくのね。でも四六時中、テレビにしがみつく程、人間暇じゃない。その頃のおかんは、家事と仕事と親の介護と子供たちの送り迎え等、座る間もない忙しさで、テレビはせいぜい居眠りしながら夜九時のニュースを見るぐらいだったんだよ、おぽん。

　こんなふうに、大量消費時代の情報媒体はね、あれよあれよという間に、猫の目のように変わり、しかもみなコンピューター化していった。その結果、くずのような大量情報をただ一方的に押しつけ、あるいは要りもしない特典をチラつかせて、選択肢も山のように作り、消費者を惑わせ、混乱させるようになっていった。

こういうのを「便利の不便利」、あるいは「自由の不自由」というのよ。良いところだけ見せて、悪いところは全て隠すカードの手品みたいに、表だけ見せて裏は見せないのよ。商品の契約書なんかも、不都合な事は虫メガネでも見えないぐらい小さく書いてあったりしてね。どこを見ても、誠意のない無責任社会の登場ね。いつの間にか、誰のために物を作り、誰のために物を売り、利益を得、あるいは、何のために仕事をするのかさえ訳のわからない世の中になってしまった。

こうして、スマートなコンピューターは、社会の隅々まではびこり、人々が気づかないうちに、人の仕事を奪い、人の時間を盗み、一種の詐欺の如く情報を操作し、かつまた進化して〝ＡＩ〟という新たな〝神〟となって、人々の判断能力すら奪おうとしている。

ちょっと話がそれるけどね、おぽん。昔、学生時代に読んだペーパーバックの英語の本にね、「黒馬物語」というのがあった。嵐の中、一人の男が急ぎの用があって馬を走らせていた時、とある川の手前で馬が突然止まった。どんなに急《せ》かしても一歩も動かない。仕方なく引き返した男は、あとになって、その先にある川の橋が濁流にのまれ流されたことを知る、というお話なのね。つまり、人も馬も、自然界にある生き物はみな、ある種の予知能力を持っている。何らかの危険が差し迫れば、察知する能力だよ。こういう能力もまたＡＩ任せにしていいのだろうか。〝Big Data《ビッグ・データ》〟なるものが、単なる巨大化した情報の集りに過ぎないとしたら、そこから引き出す情報や並べ換えして得られるデータをコンピューターはとてつもなく高速に操作できるだけなので、人為的プログラミングでどうとでもなるんじゃないのかな？　という疑念が、いつもおかんの頭をよぎる。そして、将来どころか今もうすでに、ＡＩによる操作ミス、あるいは人為的・意図的な処理によって、人々が川の濁流に次々とのみ込まれ、溺れているんじゃないのかな、と不安に思うのよ、おぽん。

つまりね、根本命題を間違えると、取り返しのつかないことになる。元に戻れなくなる。それがこわい。「無理が通れば道理が引っ込む」と言われるように、これまでもあらゆる権力は無理な理屈を通して難題を簡単に突破しようとした事が歴史上何度もあった。そして、何か利不尽なことや矛盾が起きたとしても、それはなかった事にし、封印しようとする。そこに、うまく〝ＡＩ〟という神がからんで悪用されると、どんどん権力による管理・監視化社会の方向へ、簡単に進んでいくのは必定のような気がする。

それと同時に、次々と更新され巧妙になる危険アプリの活用で、個人的犯罪も益々増加し、複雑になり、凶悪化していくことにも、目を光らせなければならないと思うのよ、おぽん。こんな風にして、まるで張り子の虎《とら》のように、危っかしく巨大化したコンピューターは、もはや壊すことも、なかったことにして元の位置、つまり単なる巨大電算機器や単純な記憶装置付きタイプライターのような端末機に戻すこともできなくなってしまった。

そして、あれはいつだったかな、これって危険だなとはっきり気づいたのは、確か、科学と資本主義が結びついた時だよね。いわゆる、「産学協同」――これには本当にびっくりした。昔から言われているけど、金がからむとろくなことはないんだよ。「地獄の沙汰も金次第」だからね。これはしっかりと肝に銘じなければいけないよ、おぽん。所詮、「徳」と「欲」はお互いに相容れない、水と油のような命題だから。それなのにこのやっかいな欲望に満ちた資本主義は、「カネ、カネ！」といつも一番に成りたがる。そして、科学にとどまらず、他の学問や教育や医学の生命操作に至るまで、いつの間にかしっかりと結びついてしまった。しかも、人に考えるいとまも与えず、「はやく！　はやく！」と急《せ》き立てながら。間髪を入れず、次の新しいバブルを生み出して、それが消えぬ間に、その次のバブルを生まなければ成り立たないのが資本主義だから。なんせ〝泡《Bubble》〟だから……。

今やもうすでに、ロボットアームで労働者を産業界から追い出してしまったコンピューターが造り出す次のものは、〝人で無しロボット〟？　いよいよ〝アトム〟の到来かな？　その将来の〝人で無しロボット〟社会に、果たして〝人《ヒト》〟はいるのかな……。

そこにコロナがやってきた。これも運命だろうと思う。人はみなここで覚悟を決め、本気で仕切り直しをしなければならないとおかんは思う。要らないものは潔く捨て、伸び切った技はバッサリ切って、この美しい地球にふさわしい、ちょうど良いサイズの、しかも品格のある〝人〟として生きるために。

そうよね、おぽん。

# 第二章　ひとのめ・ねこのめ・こどものめ

## 1. 愛《いと》しきものたちへ

私はこれまで信じられないような男や女に
　　たくさん　出会ってきた
それでも、「人」を信じる

そして、
地球上の全ての「生き物」を信じる
なぜなら、
彼らはみな、この地球上で自由に生きる
　　権利を持つと信じるからだ
生きとし生けるものとして、
同じ「地球」という船に乗る

運命共同体だと信じるからだ

## 2. 旅

誰かが　何かを　何回　言おうとも
己《おのれ》の感性で　そうだと思う
　これが大事

何かを初めて　見たとき
直観的に　何か変と感じる
　これも大事

そうしたあれこれが
　経験知となり
　生きていく　力となる

そう、旅に出よう
Seeing is Believing!

# 心の眼《め》を広げよう

## 3. Extremes Meet.

「両極端は一致する」
これって　ほんとよ。
こちらの端からあちらの端に
極端に針がふれる時
これって危険よ。

ホラ、きこえない？
パッチン、パッチンって、
細胞が　一つずつ壊れていく音を……

もう、手後れかも……
そのうち爆発するかも……

何の話かって、地球の話よ！

## 4. 男たちへ

うっるさいわねぇ
今さら四の五の言わないの
見苦しいのよ
いちいち　かっこつけないで
もう　いいかげんにしてよ
悪いけど　先に行くよ

## 5．ひとりごと

おいらは裸で生まれ
　　　裸で死んでいく

だから
金や地位や名誉とは無縁に
　　　気楽に生きていける

ましてや
勲章なんぞ　ぶら下げて
全く同じ動きで歩くやつらを
　　　理解するなんて
全くもって不可能だね

えっおいら？

# おいらは　ノラ猫だよ

# 6．マッチ売り

「マッチ、いりませんか。一つ十円です」

「あら、やだ。汚らしい子！」

「邪魔だ！　どけ!!」

――男に足蹴にされ、小雪のちらつく雑踏の中、少女はヨロヨロと裏通りへ。

もう何日も食べていない。手もかじかみ、目もかすみ、何も見えない。

暗闇の中、最後の力を振り絞り、震える手で一本のマッチに火をつける。

「あ、おばあさん！」

――淡い光の中、浮かびあがるなつかしい祖母の顔。

「もう一度、もう一度会いたい！」

——少女はもう一本、もう一本と、マッチに火をつける。

そして、とうとうマッチもなくなり、息も絶え果て、天国へと旅立つ……。


このお話、あなたは必ずや泣くでしょうね。

じゃあ、この子が金髪で青い眼の可愛い女の子ではなく、やせこけてあばら骨の浮いた、難民キャンプの白人以外の子だとしたら？

あるいは、都会の片すみに捨てられ、カラスに目をつぶされた息も絶《た》え絶《だ》えの子猫だとしたら？

あなたは同じように泣ける？

どう？

# 7. 死刑

「おばあちゃん、『しけい』ってなに？」

「ウ〜ン、そうね。悪いことをした人はね、裁判所の偉い人から叱られるのね。でもね、すご〜く悪い事をしたら、たとえばね、人をころしたら、オリに入れられてね、最後はね、そこでころされるワケ。『死刑』ってそういうこと」

「ふ〜ん。じゃあ、そのえらいひとたちも『しけい』になるん？」

「えっ？」

「だって、わるいひとをころすんでしょ」

「いやいや、死刑にはならないよ！」

「なんで？」

「……」

「おばあちゃん、よっちゃんも『しけい』になる？」

「え、なんで？」

「よっちゃん、きのういっぱいトンボころしたよ。」

「ムム……。そういうのもならないの!!」

「なんで？」

「あっ、時間だ！　おばあちゃん、スーパーに買い物に行くけど、さっちゃんも行く？」

「ワ～イ♪　いく、いく、いくー♬」

# 8. Short, but long

一《ひと》つ、歌をうたいましょう。

しろやぎさんから　おてがみ　ついた
くろやぎさんたら　よまずに　たべた
しかたがないので　おてがみ　かいた
さっきの　てがみの　ごようじ　なあに

くろやぎさんから　おてがみ　ついた
しろやぎさんたら　よまずに　たべた
しかたがないので　おてがみ　かいた
さっきの　てがみの　ごようじ　なあに

いつまで続くんだろう、このやりとりは。
それにたとえ読んだとしても、この中に明快な問いや答えが書いてあるのかな？

いやいや、何が書いてあろうと、答えられるわけがない。
いつでも傍観者に過ぎないあなたがたに……。

# 9. 猫の「ゆる活」

猫という生き物は終始最小限のエネルギーで生きている。

お腹が満たされていれば、寝る。

お腹が空けば、夜明けと共に起きて、いつものエサ場に定刻通り登着し、待機する。

するとそこへ、いつものおばちゃんがコソコソとやってきて、「タマちゃん」とか「ミーちゃん」とか好き勝手な名で、やさしく呼んで、「どこ行ってたの？　捜したんだよ」とか言うので、適当に「ミィ～」と返事する。そうすると、目を細めて喜び、おいしいキャット・フードをたんまりくれる。


そのあとちょっとだけ回り道していつもの水飲み場——公園の池や魚屋さんの店先のホースで、いつも水がチョロチョロもれている所でピチャピチャと水を飲む。それからちょっと遠回りして公園の花壇や道端のきれいな砂場で、大・小の用を足して帰る。時々、途中の草むらや畑のあぜ道で金蛇《かなへび》を見つけたら、ちょいちょいと前足で器用にちょっかいを出して遊んであげる。でもそやつのしっぽが切れて、そのしっぽのピョンピョンする動きが止まるともうすっかり興味は失せて、すぐに切り換え本来の目的に戻る。つまり、暑い日は涼しい高台や水辺の草むらに分け入り、寒い日は誰もいない公園の陽だまりの遊具上や神社やお寺の高い灯籠の中で風をよけ、無駄なエネルギーは一切使わず、スヤスヤと眠る。

暗くなったら、コウモリやネズミ、セミなどの小動物の狩りをしながら自分の隠れ場の小屋、あるいは駐車場の隅に放置されたタイヤの陰などにもぐり込み、朝までひたすら寝る。

時々地平線が一線にうっすらと明るくなる朝やけの頃目ざめたら、茂みの陰で、寝ぼけて起きてくるすずめや野鳥を辛抱強く待つ。その時は、とがった両耳がレーダー代わりにクルクルと器用に動き、全身、耳となって、全方位を探っていく。運よく見つけたら、ほふく前進で音もなく近づき、うまい事捕えて丸のみし、「狩り」の本能も満たされ満腹なので、その日はすっかり満ち足りて他の活動を一斉せず、行きたい所に行き、まったりと暮らす。

要するに猫たちは、行きあたりばったりの活動をしているように見えて、とても賢い生き方をしている。実に省エネで、ノン・ストレスフルで、お金や道具も必要とせず、季節に応じて被毛も夏毛・冬毛と生え変わり、まさにＳＤＧｓそのものの自立した生き方をしているのだ。

そんな彼らが、今日も茂みの奥から私たち人間を観察している。

「何ジタバタしてんだろう。変なやつらだな」と思いながら……。

# 10. 私の先生（その1）

昔、小学校にこういう先生がいた。

昭和三十五年頃の話なので、記憶がうすれ名前は忘れてしまった。

どちらかというと、好きでも嫌いでもない普通の女の先生だったと思う。かなり太っていて、悪がきを追いかける時など、フーフーゼイゼイとしんどそうにしていた。

ある時クラスの何人かの男子が、あろうことか女子の「スカートめくり」を始めた。私はもちろん被害にあわなかった。何故なら女子の中でも後ろから二番目ぐらいに背が高く、しかも性格は勝ち気でクラスの中でのさばっていて、おまけに、

「先生！　〇〇ちゃんが何々してます！」

と、すぐ手を挙げて、先生に告げ口するタイプだったから。

彼らは反撃されないような弱い女子をターゲットとし、その子がメソメソ泣こうものなら、「ヤーヤー」とうれしそうにはやし立てた。私はそのいやらしさに我慢がならず、怒り心頭に発して、ぞうり袋をぶんぶんと振り回しては彼らを追い回すのがやっとだった。

とうとうある日、あまり怒ったことのないその先生が怒った。

突然、机やいすをガタガタと後ろに寄せて真ん中にいすを一つ置き、ミシミシいっているそのいすの上に仁王立ちし、こう言った。

「〇〇！　△△！　＊＊！　……前に出てこい！」

「先生のスカートをめくれ！　めくってみろ!!」

その鬼のような形相をした先生の迫力に度肝を抜かれ、その子たちは一人、また一人と泣き出した。

すると先生は、いすから静かにおりて、そのいすに座ると、前にいる子らに向かって手を広げた。そして、とても優しい声で、こう言った。

「おいで！」

彼らは皆先生にすがると、ワァーワァーと大声で泣いた。私たち女子は息をするのも忘れ、ただただその情景を見つめていた。

あの日、わたしたちは、すごく大事な思い出を先生から頂いた。『人を育てるのは人なのだ』という教えと共に。

今でも忘れがたく、また有り難く思っている。

# 11. 小さなＳＤＧｓの願い

我が家の家主は、夫ではない。実は「おぽん」である。おぽんはかれこれ八年前、忽然と現れ、そのまま居座り、それ以来私も夫もいつの間にかおぽん中心の生活スタイルに馴染んでしまっている。

おぽんは毎回、数粒から器の半分くらいのキャットフードを残す。もったいないから、次の回にやる。でも気ままなぽんは残り物は少ししか食べない。あるいは、匂いをかぎ、「フン！」と即座に却下する。

それである時、その余り物をちょっとすりつぶしてキッチンの出口や、その前の小道にパラッとまいてみた。というのも、ありさんたちが随分前に、ふやけたぽんのフード一粒を一生けん命運んでいるのを見かけたからだ。

そうしたら、来た来た……！

いつも道路を飛ばずに全速力で駆け抜ける、尾羽の長い白黒の鳥さんが二羽、お尻をふりふりそのフードをついばんでいた。それをソックス（＊９）が驚喜のまなざしで、キッチンの網戸ごしにへばり付くようにして見ている。

（＊９）同居猫。これもノラ。

　そうこうしているうちに、賑やかなスズメの一行や野鳥も来るようになった。しかも、見張り役の野鳥が電柱のてっぺんや電線に数羽とまって、おぽんが通ると必ずキーキーと鋭く鳴く。それを合図に、みんな一斉に飛び立つ。が、おぽんが家に入ると、何事もなかったかのようにまたせっせとフードをついばんでいる。鳥って何と利口なんだろうと、大いに感激する。

　そんなある日、カラスが来た。

　どういう訳か小鳥さんたちは一羽もいない。当のカラス君は、網戸の側《そば》のゴミ用ポリ容器にあぶなっかしく止まってバタバタしている。さすがにこれには参って、玄関からカサを持ってきて追い払った。そいつは面倒臭そうに飛びたって、家の前の電柱のてっぺんで、バカにしたようにカーカー鳴いている。そんなことを数回くり返して、ようやくカラスを撃退した。

　そうしたら、その日から、カラスも小鳥さんたちもみんなパタッとこなくなった……。

　これって何《なん》だろう？

　そもそも私は何でカラスが嫌いなんだろう。理由付けは色々可能だけど、全て受け売りのような気がする。たとえば、「墓場のカラス」というダークなイメージ？　白雪姫に毒りんごを与える悪い魔法使いの弟子だから？　それにイソップの描いた動物の悪役は、いつもカラスだし、今、都会でゴミあさりをして、嫌われているのもカラス君たちよね。

時が過ぎ、時代と共に人が下す評価は色々変容していくけれど、カラスはいつの世も理不尽に嫌われ、随分損をしてきたと思う。でも、何よりも「ドキッ！」とするのは、こういう自分の中にある無意識のえり好みや、差別に、突然気がつく時。

本当のことって何だろう。

いつも思うけど、色々考えているうちに、どれが実相かわからなくなる。そして、だんだん自信もなくなってゆく。

それでも、本当のところどうなのか。あるいはどうだったのかと、何度も何度も執拗に問う自分がいる。

## 12．私のナンバー……？

どうにも解せないものがある。

親がつけてくれた立派な名前があるのに、何故長たらしい数字で自分を呼ぶ必要があるのかということ。それって、何かいやな感じがする。

人に番号をつける話で思い出すのは、『レ・ミゼラブル』の冒頭に出てくる24601号という数字。これは主人公ジャン・ヴァルジャンがお腹を空かせた姉の幼子の為にパンを一斤盗んだ結果、名前を含めた過去の全てを失った時につけられた囚人番号だ。

もう一つ思い出すのは、つい最近見た（二〇二三年、八月末ネットフリックスで）韓流テレビドラマの『D．P．』。ここでも兵隊は番号で呼ばれる。そして訳もなくなぐられる。それでも、「二等兵！　アン・ジュ・ノ！（＊10）」と、大声で返答し、敬礼をしなければならない。

（＊10）自分の名前。

なぐるのには、何の理由もなく、あるとすれば、上官の命令には絶対服従し、「ヘタな考え休むに似たり！」的に個人的思考を停止させる為だ。まさに、先の大戦時の軍隊教育をほうふつさせるような場面が多かった。

要するに、人に番号をつける時、必ずやその人のアイデンティティは失われる。こうして人は機械的組織の単なるパーツとなり、その組織のトップにとって、実に都合のよい使い捨て要員と成る。

ここから同時平行付随的にクローズアップしてくるものがある——ＡＩロボットだ。どこの国でも、ＡＩロボットの開発を急いでいるのは、何故なのか。それは、戦争をするためではないのか、もしくは戦争をしたいからではないのかという疑惑が、浮かんでは消え、私の心の奥底にある何かがその不安をぬぐえないでいる。

何せ、複雑でデリケートな気持ちを持ち、すぐ心変わりする、そしてすぐ傷つき、すぐ死ぬ人間は兵士には向かない。その点、一度プログラムされれば、ロボットは半永久的に使用可能な理想的な人殺し兵器になる。そうなれば全世界あちこちで使うようになり、我々人間はついに絶滅する日が来るかもしれない。

いつの世も、科学の最先端技術が平和利用と言いながら、兵器として使われてきた（＊11）。つい最近ではドローンが最新の科学的兵器として使われている。それ故、ＡＩロボット型兵隊兼兵器が鳴り物入りで登場するのも〝Coming Soon!〟なのかもしれない。

（＊11）ノーベルの発明したダイナマイトや爆弾、広島・長崎で使用された原爆等々《などなど》、枚挙にいとまがない。

何の為の、誰の為の便利なナンバーカード、あるいはドローン、あるいはロボットなのか。そうしてこれらは誰にとって最も必要なのかを、もっと深く考えてみる必要がありそうだ。しかも早急に!!

ところで、『レ・ミゼラブル』を書いた、偉大なる作家ヴィクトル・ユゴーが、この物語の「はじめに」にこう書いている。

――法と規範の名のもとに、社会からの批判というかたちで、文明とは相容《あいい》れないこの世の地獄を作り出し、人間の宿命をずたずたにもてあそぶようなことがあるかぎり。貧しさにより男が落ちぶれ、飢えにより女が身をもちくずし、子どもが肉体的にも精神的にも暗い環境でのびのびと成長できないという――三つの問題が解決されないかぎり。そして、社会が閉塞感《へいそくかん》につつまれる可能性があるあいだ……つまり言い換えれば、広い視野に立って見たとき、この世に無知と無慈悲が残っているかぎり、本書のような作品の価値は失なわれずにいるだろう。

この文をユゴーは一八六二年に記《しる》したとあるが、その後一六〇年以上も経った今の時代も「まさにその通り！　同様だ！」と思うのは、私だけだろうか？

# 13. 七《なな》つの子

ご近所でゴミあさりをする嫌われ者のカラス。魔法使いの使者や、不吉な場面に必ず登場するカラス。
そんな描かれ方をされるカラスだけど、昔、里山《さとやま》に住んでいた『からす』たちは、ちゃんと市民権を持っていたのよ。知ってる？
里山のからすはね、「かあぁ〜、かあぁ〜」とは鳴かないで、『かわい　かわい　となくんだよ』
どうしてかって？　からすの子を、『山の　古巣へ　いってみて　ごらん　まるい　目をした　いい子だよ』
だから庭の柿の実をちょっと失敬されても、「ほれ！　もっともってけ！」って、あったかい目で見守ってきたのよね。からすにも『七つの子』がいるのを知っているから。

日本人の感性に
里山の心に脱帽！

## 14.『私』が私であること

昔、トイレに入っていた時、突然変な感覚におそわれたことがあった。

「私って……何？」

そして、「こういうこと（「私って何？」って）考えている『私』を感じている『私』って誰？」

自分以外の自分がいるようなこの不思議な感覚を自覚し始めたのはいつのことだろう。まだ水洗トイレの時代ではない、いわゆるボットントイレの醜悪な臭みと、むっとする暑さの中だったと記憶している。つまり、小学校の低・中学年位の幼い頃だと思う。

そして、もっと色々、答えの出ない問いかけを純粋に考え続けていた。

「『私』が死んだら、私はどこにいくんだろう？」

「目をつぶるとみんないなくなり、あけるといる（存在してる）のは何故かな。つぶっている間《ま》みんないるのかいなくなるのか、どうやって確めたらいいんだろう」

また、「もっと可愛い何でもできる他の人ではなく、こんな変な『私』をわざわざ選んで生きているのは何故だろう」と真剣に思った。一点を見つめ、ずーっと考え続けた。

そのうち、だんだん足や腰がしびれて、目の前がクラクラとして、あわてて立ち上がり、トイレをあとにした。

　その後、月日はあっという間に経ち、思春期を迎え、考えるいとまもなく勉強にあけくれ、激動の大学紛争の中、大学を卒業し、就職・結婚・出産子育て・親の介護と看取り、その時大震災を経験すると同時に愛犬が死に、うつになりながらただひたすら人の為に生きてきて、そんなことやあんなことを考える余裕もなく彼岸に近づき老齢化した今、ふとその時のことを思い出し、妙に納得する。

――だから人は何らかの答えを期待して、『宗教』や『哲学』が必要なのかなと。

　包丁で物を切るように、切れ味鋭くしかも正確に何でも切って区分けする「科学」では、答えの出ない何かがこの世には存在するのだろう。それって、「調和」？「至善」？

　私は今あの時のように、クラクラする頭で、あらゆる学問、天然自然の中、宇宙のかなたに思いをはせてそれらを探し求め、答えが欲しいと心の中で泣き叫ぶ。

　そんな毎日を過ごしている。

## 15. 映画館

幼い頃、映画館の最前列にある通路をどこかの子と一緒に走り回っていた記憶がある。映画好きの母や、当時高校生で、石原裕次郎の熱烈なファンだった父の妹に連れられてよく映画館に行っていた。その当時の映画は最初にニュースが流れ、次にミッキーマウスやポパイのようなマンガが数分間あって、そのあと本編の映画が始まる三部形式だったように思う。大人《おとな》しくしているのは、マンガくらいまでで、そのあとその辺をチョロチョロしていた同年代の幼児と一緒に走り回っていたのだろう。

話はその頃の自分の行儀の悪さではなく、昔の映画の記憶を鮮明に思い出させてくれる出来事が現代にあったからだ。

テレビから時々流れてくる北朝鮮のニュースキャスターの声色《こわいろ》がそれである。昔、映画館で聞いていた、日本人のニュースナレーターの声色《こわいろ》とあまりにも似ていると、毎回思う。言語が違っても、抑揚がなく、感情も感じられず、人間的温かみもない声色《こわいろ》といい、妙に押しつけがましく決めつけるような命令口調の甲高いリズムといい、実によく似ていると思う。

「ああー、ヤダなぁー」と、つい口に出てしまう。何となく気持ちが悪く、不快であり、不安にさせるからだ。

ただし、ここで言っているのは、北朝鮮テレビキャスターのことであって、韓国のキャスターからそうした不快感を感じたことは一度もない。

連想ゲームではないけれど、現代の北朝鮮のニュースキャスターが思い出させるものが、映画館のほかにもう一つある。

一九五〇年生まれの私は、まさに全共闘世代であり、あれだけ必死に勉強して入った大学は、戦う学生たちに占拠されて封鎖され、勉強する道は完全に閉ざされていた。その時、苦々思いで聞いた、キャンパスから流れる革マルやら何やらの武力闘争している若者が『アジる』声色・口調がそれ。彼らは、「我々わぁ〜、この日帝のぉ〜、×△※〇□◇なぁ〜……」と、安手の拡声器片手に、ヘルメットと汚いタオルで顔を隠して、がなりたてているが、何を言っているのかさっぱり聞き取れず、ただただ不快で、自分の未来に対する焦燥感と漠然とした不安感をつのらせていた。

このいつも感じる「ウッウー」と下腹に冷《ひ》や汗をかくようないたたまれない『苛《いら》だち』って、何なんだろう。よくよく考えると、『人間は有史以来ずっと武力を駆使して戦ってきた』と、そこに行きつくのかなと思う。

アメリカの『同時多発テロ』の時も、同じように感じた。

「あー、またぁ?!」

「テロとの闘い? 何、それ!!」

「二千年が過ぎて、これからやっと平和な時代が来ると思っていた矢先、これだもの。やってられないよ!!」と、大声で叫びたかった。なんでこうも利口すぎるくらい利口な人間どもは、バカみたいに際限なく戦いの歴史をくり返すのだろう。

今、この時（＊12）もロシアのウクライナ侵略戦争は続いているし、すぐ隣りの国では、先の大戦後に北と南に分断されたままその戦後処理すら終わっておらず、地球のあちこちでは、民族間闘争や紛争がいつまでもくり返されている。しかも、だんだん激しさを増しているように感じる。誰かが、「新しい戦前（＊13）の始まりだ。」と言っていたが、その通りだと思える。

（＊12）二〇二三年、九月十月頃、草稿した。

（＊13）第三次世界大戦？

連想ゲーム的に思い浮かぶ最後のもの、これもやはり昔みた映画・「ロード・オブ・ザ・リング（＊14）」。

（＊14）二〇〇一～二〇〇三年のアメリカ映画。

一説によると、あの映画の中で小人のホビットが『滅びの山』に命がけで捨てにいく『魔法のリング』とは、隠喩的に原子爆弾を意味していたと言う。映画では誠実で勇気あるホビットが永遠にその『リング』を封じこめたけれど、現実世界では、第二次大戦終結のため、広島と長崎に実際に落とされていたのだ。

ところで、『滅びの山』に向かうホビットたちの物語にこういうエピソードがあった。彼らを助け、道を示して来た良い魔法使いの老人が、悪鬼《あっき》どもを次々と倒し、とうとうその親玉の悪鬼も倒して地獄に突き落とすのだが、その落ちていく悪鬼の長い触手の一部が老人の片足にからみつき、引っ張られて、落ちていこうとする場面がある。

まさに今、そんな感じになってはいないだろうか。あまりに巨大化した『リング』の為世界の色々な火種も巨大化し、ベクトル的に最終戦に突入しようとしてはいないだろうか。「新しい戦前」どころか、人間が滅び、地球がこの宇宙から消えようとしている。そんなシナリオに向かってはいないだろうか。

こういう全ての考えが、単なる私だけの妄想で終わってほしいと、切に願うし、何を、どうしたらよいのか、自分に何ができるのかもわからず、胸に錐《キリ》を刺される思いで、考え続けている。

## 16. 私の先生（その2）

毎年、八月の終戦記念日が近づくと思い出す先生がいる。胸の奥底にある、もはや忘れてしまいそうな悲しみと共に。

あの日はいつだったろう。そう、あれは日本中が高度経済成長期まっただ中で平和を謳歌していた頃。三月の卒業間近のある日、私はとある女子高校で、「ブンちゃん」の最後の授業を受けていた。

当時、その女子高の先生方は皆年寄りばかりだった。その中では若い部類に入り、性格温厚、愛きょうもあり、しかも明るく自然体なブンちゃんは、生徒達にとても人気があった。私は当時、『アラン・ドロン以外は男ではない』という強い思い込みがあって、しかも、「あらっ、そうでございますか？」とバカ丁寧な言葉使いのかなりお年《とし》の女の英語の先生を信奉していたので、「英語はもういい！」というばかりにブンちゃんの英語の授業中はもっぱら仏語の辞書を読んでいる、生意気でおバカな生徒の一人だった。

とにかく、その日、級友の何人かが、ブンちゃんに、授業ではなく何でもいいから先生のお話が聞きたいと申し入れ、それで、何でも聞き入れてくれる懐《ふところ》の深い優しいブンちゃんは、ご自分の生い立ちから、とつとつと語り始めたのだった。

自分には一人の優秀な兄がいて、立派な大学に入り、その兄は両親の誇りだったこと。自分は何をやってもその兄にかなわず、勉強も苦手で、遊びだけが得意のろくでもない息子だった。そして戦争が起こり、「君たちぐらいの年で」一兵卒として中国に渡ったが、もう戦況危《あやう》い時期で、戦うというより炎《ほのお》の中を逃げまどっていたこと。自分はどうしても人を殺すことができず、ともかく何とかして生きのび、両親のいる日本に帰ることだけを思いつづけていたこと。そして累累《るいるい》とした屍《しかばね》を乗り越えながら、数々の地獄絵のような光景を目撃したことなどを話された。

その中の一つは余りにも強烈で、今だに忘れられないものがある。

それは、燃えさかる民家に逃げこんだ時、数人の日本兵が、一人の少女を引きずってきて、自分の目の前で丸裸にし、片足ずつ持って少女の股を引きさき、そこに花束を差したという話。自分はその少女を助けることもできず、ただ見ていた。

そう苦しそうに言った先生の目には涙が光り、教室のあちこちではすすり泣く声が聞こえた。

やっとの思いで生きのびて逃げ帰った故郷は、戦地よりももっと荒れ果て、見渡す限りの焼け野が原だった。その後、幸いにも両親と再会できたが、名誉の戦死をした兄の位牌《いはい》を抱え、二人とも悲しみに暮れていた。

自分は生きて帰ったけれど、立派に戦って死んだ兄の代わりに、本当は自分が死ぬべきだったのだ。今でもそう思う。

そう言って、先生は泣いた。クラス全員も泣いた。泣き虫の私は、おえつを押さえることができなかった。まるで先生と一緒にその過酷な戦争体験を、もう一度追体験したかのように思えた。

卒業後、数年の月日が流れて、同級生の一人からブンちゃんのその後の消息を聞いた。ご結婚なされて、すぐ離婚し、その後自殺したということを。

また別の風の便りでは、先生は自殺ではなく、病気になられて若くして亡くなったとも聞いた。真偽の程は今はもうわからないけれど、卒業後も先生の話が忘れられず、先生がお幸せになることを祈っていた私は、さらに強烈な痛みと悲しみに突き落とされたように感じた。

先生の強烈なお話の根底にある思いは、多感な少女時代にはわからなかったが、今はこう思う。

一つには、一旦人々が集団ヒステリー化し、暴走して戦争につき進むと、それを止めることは誰もできなくなるということ。そして、戦争というものは、一人の未来ある少年の人生をこうも徹底的に破壊する残虐性を持つということ。さらに、思うに、先生は私たちにこう言いたかったのかもしれない。

「あれは聖戦なんかではなかった。君たちは二度と『国』という名のもとにだまされてはならない」と。

あの日私たちは、しっかりとその思いを胸に卒業し、大人になった。
そして私は月日を経て、ブンちゃんと同じ英語の教員となった。

# 17. スマホ

昔々ほら穴に住む人々（cave people）は、洞穴内の壁に、見事な動物の絵を描いたり、焚き火を囲んで情報交換をしたりしていた。

月日が流れ、ポンペイでは落書きや、さまざまな情報が書かれている家の塀がそのままの状態で見つかった。

若い時、何かのメディアでそのことを知り、その当時日本の駅にあった伝言板と一緒だなと思った。

そして今、あふれんばかりの情報のやり取りをするため、人々は「スマホ」を使っている。

昔の人たちと現代人で、情報の必要性に変わりはないが、現代版伝言板である「スマホ」は、その量と質において、少々常軌を逸しているように感じる。

知りたくもない、見たくもない、その上品位の欠けらもない広告が勝手に大量に表れ、必要な情報の邪魔をする。いら立ちながらも電話や時計代わりにもなるので使っているが、これからは時計は腕時計に、人とのメッセージのやり取りは出来る限り直筆の手紙を書き、電話は家の固定電話にしようかと思っている。

何故なら「スマート」な「フォーン」という定義にいささかどころかかなり疑問符を抱かざるをえない。携帯可能なスマホは、言ってみれば単なる生活用具の一つに過ぎないし、それを必要とするかしないかは、所詮個人の問題だと考えるからだ。

ツゥーマッチ（Too much）な便利と不便利は一致する。

つまり、「過ぎたるは及ばざるが如し」なのである。

# 18．せつこさん

人の子は他の動物と違い、大人になるのに十八年、いやそれ以上かかる。人間にとって子どもというのは、手もかかれば金もかかる存在なのだ。

それ故どの親も我が子に対し、「這《は》えば立て、立てば歩めの親心」となり、他の子に負けぬよう、自分と同じ間違いをせぬよう、親より出世し、幸せになるよう、ついつい我が子をせかせ、子供の教育に夢中になる。

それはわかる。わかるけれどあまりにも度が過ぎていないだろうか。そのために、可愛い我が子をギューッと手の中で囲って、それが愛情だと思いこみ、早期教育や塾通いで息も絶え絶えにし、学校という公の教育機関からはやばや離脱させる、ということはないだろうか。

またその反対に、これも極端な例ではあるが、小さい頃から子の要求を何でも受け入れ、何でも買い与え、言わば愛情という名の蒸し風呂に入れるが如く、「いいよ、いいよ。（どうでも）いいよ」と放任し、我慢を知らない自堕落な子にし、大きくなった途端、突然手の平を返すように「勉強しなさい！」と口うるさくなる。これも、違う。

要するに、教育とは学校教育の成果、つまり試験の点数や最終学歴が全てではない。そこのところで親は間違えるし、子はつまずく。ましてや教育を塾や他人に丸投げして、お金で学力を買うなんて無理な話なのだ。かえって深い思考力は育たず、豊かな感性もマヒしてしまう。

結局のところ「教育」は「共育」つまりさまざまな人間関係の中で親子共々育つことであり、言うなれば「子育ては親育て」でもある。親が育てば、子も伸びる。親が輝けば、子も輝く。子どもはどの子も成長の芽をたくさん持って生まれてくるのだから、できれば都会のジャングルジムやすべり台やブランコのあるコンクリート造りの狭い所ではなく、「ハイジ」のように大自然の中で自由にのびのびと遊ばせながら、回りの大人や兄弟姉妹や友だちから、自ら学んでいくのが望ましい。その中から、その子独自の芽が伸びる。創造性も養われる。

更に大きな観点から促えると、子は親の物ではなく、「天からの授かりもの」であり、愛情を持っててていねいに育て、「社会に返す者」であると思う。

私にこういう教育の原点を教えてくれた人がいる。私の掛け替えのない友、せつこさん。そう、私は彼女からそれを学んだ。

若い頃のあの日あの時、彼女に出会わなければ私の人生は全く違ったものになっていただろう。

私は色々事情があって、遅ればせながら、三十代半ばで第一子を授かった。

当時の私は、何か進む道が違うと感じながら、ピアノ教室の講師をしていた。もちろん、やりたいことは他にあったが、時間的・経済的諸般の理由で挫折し、将来の展望も持てず、子育てにも悶々と悩み苦しんでいた。

そんなある日、私のピアノ教室に太陽の子のように明るい少女が来ていたが、そのお母さんから、「私は『カンガルー自主幼稚園』で保母をしているのですが、よかったらお子さんを連れて遊びに来ませんか？」と誘われ、すぐにその園に行ってみた。せつこさんはそこで園長先生をしておられ、当時としては実にユニークな児童保育を実践していた。

画一的なことや早期学習的なことは一切せず、小さな公園内の集会所で、素晴らしい絵本をたくさん読み聞かせ、また、先生のお手本どおりではなく、また無理強いもせず、自由にお絵書きをさせたり、時には彼女のご友人のプロの画家をお呼びして、子どもたちに本物の絵の具を使わせて、畳半畳《たたみはんじょう》程の大きな紙に自由に絵を描かせたりしていた。また、集会所からちょっと歩いた所に大きな沼があって、その沼の回りを囲む広い雑木林を園庭代わりにし、葉っぱを拾ったり、どんぐりを集めたりして折々の自然を満喫し、毎日しっかり歩かせお昼寝も十分させていた。そのせいか、その園の子どもたちはどの子も仲よしで、明るくたくましく元気だった。こうして即刻気に入った私はすぐに子どもたちを「カンガルー」に預けることにした。

その園には他にもユニークな点がたくさんあった。その中でも非常に楽しく刺激的だったのは、親も保育にしっかり参加していたことだった。

全員ではなく、時間的余裕のあるお母さんたちは代わる代わる保母となって保育に参加し、また母親全員によるミーティングや勉強会も頻繁に行われ、育児の話のみならず一般的な社会問題も広く話題にのぼり、せつこさんの指導のもと、お互いに切磋琢磨して意識を高めあっていた。

彼女の教育理念は、カンガルーがわが子をポケットに入れて、ホップ・ステップ・ジャンプするように、子育てはまさに親育てにあり、親が輝いていれば子ものびのびと成長できるというものだった。また、当時はまだ日本のＧＤＰがアメリカと肩を並べる勢いの高度経済成長期にあって、それをバックに国際化の波も急速に広がり、まさにそうした時代性を先取りするかのような教育感を彼女は持っていた。

おもしろいことに、風が吹く所には、色々な人が集まってくる。その中でも、シンガポールの蘇《そう》さんがカンガルー保育に加わったことで一挙に国際的な展望が拡がっていった。

蘇さんは、せつこさんが家族のように親しくしていた東北大の留学生で、英語や中国語はもちろんのこと、日本人よりも日本語を上手に話し、日本語の読み書きも日本人顔負けな程堪能な、実に聡明な若者だった。何度かカンガルーに手伝いに来るようになるとすぐに、その心優しい子供好きな蘇さんは、子どもたちの大好きなお兄さんとなっていった。

ごく自然な流れで、せつこさんのユニークなアイデアの中から、蘇さんの国シンガポールに行こうという企画が生まれ、しかも観光だけではもったいないという流れになり、それで蘇さんの見つけてくれたシンガポール北部にある小学校を正式に訪問することになった。

こうして、せつこさんと私たち母親七名とその子どもたち六名（下は五才から小学校低学年の児童）の俄《にわか》訪問団は、一九九一年三月、できて間もない仙台国際空港から一路、蘇さんの住む国、シンガポールへと旅立った。

その当時、都市国家シンガポールは、『建国の父』と呼ばれていたリ・クアンユー首相の元で飛ぶ鳥をも落とす勢いの成長を遂げていた。初めて泊まった、ブーゲンビリアの花が咲く南国のホテルは、それこそエンピツの芯のように空を突く摩天楼のビル街にあり、行く前にせつこさんが、

「これからは、アジアの時代よ」

とよく言っていた事を一瞬で理解させるのに十分であった。

一通り、セントーサ島や動物園などの観光を終えた私たちは、蘇さんの案内でいよいよシンガポール北部にある小学校訪問へと向かった。そこでもまた、運命のような出会いが私たちを待っていた。

訪れたノースランド・プライマリー・スクールのテオ校長先生は、私たちより少し年配で、大らかでかつ豪放磊落な性格の、非常に魅力的な女性だった。せつこさんとミセス・テオが初めて出会い、お互いの自己紹介後に握手を交わした時、なぜか私は何とも言えな

い感動で体が熱くなり震えていたのを、きのうのことのように思い出す。

簡単な歓迎式のあと、日本の子どもたちには、それぞれ立派なシンガポールの小学生が一人ずつ付き添って学校内をめぐり、私たち大人はテオ校長先生の案内で学校の施設を見学した。詳しいことは忘れてしまったが、一番強烈に覚えているのは、多民族国家には給食がないことだった。その代わり、子どもたちは、食堂のビュッフェで中国系・マレー系・インド系・アラブ系等のそれぞれの食事を小さなお財布から小銭を出して買っていたのが非常に興味深かった。見学後、わたしたち全員はテオ校長先生のお宅にも紹待され、初めての南国の家庭料理や珍しいフルーツの数々に舌鼓を打ち、とても楽しいひと時を過ごした。こうして、私たちは見るもの聞くもの食べるもの、全てに感動し、今度は是非、日本の、仙台市でお会いしましょうと固い握手をかわして帰国した。

せつこさんのすごさは、単に手作り幼稚園にとどまらず、その後すぐ同じ志を持つ若い母親たちや「カンガルー」の彼女のスタッフと共に、ＣＣＥ——正式には「地球の子ども通信（Children's Communication on Earth）」というボランティア組織を立ち上げたことにある。

この会の設立メンバーはせつこさんと蘇さんを除くと、皆小さい子どもを持つ若い母親たちで、何の気負いも衒《てら》いもなく、ただ単にシンガポールの子ども達とテオ校長先生を仙台に招待したいという、途方もない夢の実現に向けて夢中になっていった。帰国後、この

ＣＣＥの副会長になった私は、同じ夢を持つ仲間と一緒に、せつこさんの組織作りと事業計画に深く関わっていった。

一番の課題は行政だった。

テオ校長先生から、国を超えた他国でのホームステイに小学生だけで参加させる為にはそちらの外務省などの後援が是非とも欲しいという申し入れがあった。すぐに、会長のせつこさんと私は、ＣＣＥの名刺を作り、「第一回地球の子ども通信国際交流事業──シンガポールの子ども達による十日間ホームステイプログラム」という企画書を手に、単身、いやせつこさんと私、二人だけで、大胆にも東京霞が関にある外務省、そしてシンガポール大使館を訪れた。

不思議なことに、それ以前、県や市で助成金を申請した際はかなり難色を示されたが、外務省の担当課長さんや、大使館でお会いした一等書記官の方々は、私たちの熱意をそのまま受け止めて下さって、すんなりと話が通じたのは驚きだった。大物が落ちるとおもしろいことに、それまで渋っていた宮城県や仙台市及びメディアの後援も付き、念願の助成金も頂けることになった。

それと共に、私たちはできる限り多くのＣＣＥ会員を募り、同時にチャリティコンサートや数々のイベント・バザー等をこなして資金を作り、大きな夢は徐々に現実のものとなっていった。

一方、生徒総数約二千人のシンガポールノースランドプライマリースクールでは、約二百人の応募者の中から、二十名の生徒が選ばれていった。

こうして、一九九三年六月、テオ校長先生と引率教諭一名に伴われ、シンガポールの小学生二十名が、仙台空港に降り立った。

迎えるホストファミリーは、ゆとり世代の立派なお宅を持つ方々ではなく、殆どが子育て最中の一般の人たちだった。というのもCCEの目的は、「ホームステイに他国から来る子も、出かけて行く日本の子も、ごく普通の一般家庭での日常を体験し、地球上でたくさんの友だちを作ること」であり、「グローバルな視点で考える力を小さいうちから身につけること」にあった。

そういうわけで、我が家でも初めてホストファミリーを引き受けることになり、一人はインド系、もう一人はアラブ系の、そしてどちらもイスラム教徒のやんちゃ盛りの男の子、二名がやってきた。

六歳と三歳の子を抱えた私は、午前中はCCEの仕事に出かけ、夕方からは十分狭い自宅で、近所の子にピアノを教えていたが、夫や近くに住む年老いた両親の助けを借りて、それこそ上や下への大騒ぎの突貫工事で家の改装・大掃除をし、何とか二人分の寝泊まりするスペースを作った。

が、次の難問は食事とお祈りだった。

親御さんの書かれたホストファミリー向け資料には、当然だと思うが、宗教や食事のことを案じる一文があった。そこで、五回のお祈りの時間を壁に貼り、豚肉はいっさい食卓に出さず、外出すると必ず食堂で、坊やたちから、「ポーク？　ビーフ？」といちいち聞かれ、わからない時は気が狂いそうになりながら、「ＯＫ！　ビーフよ！」と、適当に答える場面も増えていった。

そして、数日後、我が家は足の踏み場も無くなり、どこで覚えてきたのか、年下のサイードは「オカーサン」と言いながら、私の後を金魚のフンのようにくっついて歩き、年上で口数の少ないナジーブは、落ちついた長男の如く、三歳の娘を腕に抱き、小一の息子の面倒もよくみてくれるようになった。だんだん私も四人の子持ちのようになり、時々混乱して、彼らに早口の日本語で話しかけ、自分の子には英語で一生けん命会話を試みたりして、彼らも時々お祈りを忘れるようになり、いつの間にか「ポーク？」とも聞かなくなっていった。

こうして、十日間はあっという間に過ぎ去って、我が子のようになった途端、たくさんの思い出を残して彼らは帰国した――けれども、その喪失感は半端ではなかった。

もちろん、その後も何回かホストファミリーを体験したし、毎回似たような感動はあった。それでも、最初の子たちの印象が何故かとても強烈に残った。シンガポールという言葉を聞くたびに、サイードはどうしているかなとか、ナジーブは医者になりたいと言っていたけど、なれたのかなと思わない日はなかった。

今は最初に迎えた子たちが、イスラム教徒で良かったと思っている。何故なら、それ以前の私はヨーロッパ志向で、お金を貯めてもう一度パリに行きたいとしか思っていなかった。そんな私に、彼らは、肌の違いや国の違い、また民族や言葉の違い、そして宗教の違いさえも、いとも簡単に乗り越えさせてくれた。

もう一つCCEの事業から学んだ大切なことがある。それは、東南アジアで日本が何をしてきたかということだった。

ＣＣＥがシンガポール以外の東南アジアの国々にホームステイ事業を拡大していくため、インドネシアやカンボジア・タイなどをめぐる旅に、せつこさんと一緒に私も同行するチャンスがあった。その時の思い出はたくさんあるが、例えば、シンガポールセントーサ島の歴史資料館では、日本語案内のボタンを押した時、「……先の大戦で日本の占領下におかれたシンガポールは昭南島と改名させられ……抗日ゲリラ戦に参加した島民は砂浜に並べられ、連日のように斬殺処刑された。その血でセントーサ島の回りの海は真赤に染まった……」という解説文が読み上げられた所で、震えが止まらず、自分が参加した戦争ではないけれどいたたまれず、その資料館を飛び出していた。

また、インドネシアのとある村では、日本人が来たということで、せつこさんと私に会いに来た少女がこう言った。

「……私の祖母は日本の兵隊さんと結婚しました。その後すぐにその方は日本に帰り、戻ってこないので捜して欲しい。死ぬ前に一目《ひとめ》でいいからおばあさんに会わせたい」と言って、裏に日本名が書いてある軍服姿の日本兵の写真を渡された。私たちは、非常にやるせない、申し訳ない気持で一杯になりながら、そのセピア色の写真を受けとり……別れた。

また、ある時は、別のインドネシアの小さな村の小学校で、年老いた校長先生とお会いしたが、その方は突然立ち上がり、

「わたしのなまえは○○○であります」

と日本語でおっしゃって、そのあと、突然、

「うさぎおいし、かのやまぁー……」

と歌い始めた。私たちはうなだれて、返す言葉もなく、複雑な思いで、そのしわがれたお声を聞いていた……。

そういう時、せつこさんはよくこう言った。

「小さい時から、お友だちになれば、その国に向けて銃を構えようとはしないでしょ」と。

「ＣＣＥ」の活動に私が関わったのは、その創成期の十年ぐらいで、その後もせつこさんとそのスタッフたちは、シンガポール・インドネシア・カンボジア・香港・ラオス等とホームステイ事業を拡大し、現在に至っている。彼女たちのこの活動は、小さいＵＮＩＣＥＦ《ユニセフ》の如く、小さい種蒔き作業ではあるけれど、ホームステイを体験した日本と各国の子供たちはやがて大人になり、世界中で平和を構築する運動に大きく貢献していくだろうと信じている。まるで、大きな湖の水面に小さな小石を投げ入れてできた輪が、や

がて広く広く大きくひろがっていくように。

私の人生にとっても、あの時期、つまり子育て真っ最中の頃ＣＣＥに関わった時が、人世の中で一番輝いていたと思う。まるで、十代の次に、二回目の青春時代が訪れたような、そんな高揚感のある毎日だった。

実家の母は、

「小さい子がいるのに、何かあったらどうするの？」

「何で子どもを置いてそんな所に行くの？」

と理解を示してはくれなかったが、私としては、社会に出れば女として差別され、子を産めば家庭に閉じこめられる——その事に対する抵抗感と焦燥感の弊害の方が大きいと感じていた。

その後、色々個人的事情で、フルタイムで働く必要性が出てきた為、私はＣＣＥを去ったけれど、それまで、せつこさんの後ろから様々な風景を見てきたあの頃の体験は、何物にも代え難い私の宝物になった。そしてこの体験によって、私というグチャグチャの存在が、これからどう生きていけば良いのかという指針を確立できたような気がする。

うまく言えないけれど、人はよく「木を見て、森を見ない」と言う。そう、でもこれは半分よね。その反対に「森ばかり見て木を見ない」とも言う。そして、これも半分。実は、自分たちの足元も、世の中の出来事も、皆つながっている。そこの微妙な精一杯のところを私たちは生きてきたのよね。
だからありがとう、せつこさん。
私はあなたを誇りに思います。
いつまでも友だちでいてくれて、
本当に　ありがとう。

（完）

# あとがき

私の携帯電話は、すぐ「チャリン」とか「ブーン」と鳴って、色々せわしく一方的にメッセージを送ってくる。これがうさんくさいし、うそくさいし、実にうるさい。ので即キャンセル。あるいは電源オフ。

おかんって、ひねくれてる?

でもね、もう七十過ぎたし、携帯もメル友もいらない。一人がいいの。自由がいいの。

これからは、友だちにもおもねず、男にも媚びず、時代にも迎合せず、肩で風切って、そう、おぽんのように、凛として生きていきたい、と思う……。

著者プロフィール

**浅葱 ゆめ**（あさぎ ゆめ）
宮城県仙台市出身。
東北大学文学部仏文科卒。

# おぽんとおかんの“ヒト”思考

2024年10月15日　初版第1刷発行

著　者　浅葱 ゆめ
発行者　瓜谷 綱延
発行所　株式会社文芸社
〒160-0022　東京都新宿区新宿1－10－1
電話　03-5369-3060（代表）
03-5369-2299（販売）

印　刷　株式会社文芸社
製本所　株式会社MOTOMURA


ISBN978-4-286-25624-5　JASRAC　出2405812－401